그러나 우리가 사랑으로

언젠가

사랑은 말했다.

하트가 구가 될 때까지 끌어안을 거야.

사랑으로 기워 붙인 여러 마음은

하트가 되었고

닳고 닳은 하트는

'사랑'의 'ㅇ'이 되었다.

Contents

1   How to find true love

2 I don't wanna say goodbye

3 Love collection

Author's note

하트를 그리는 데에는 모쪼록 개개인의 방식이 있습니다. 한 획으로 이어 그리거나 두 획으로 나눠 그릴 수 있고, 아래서부터 그리는 방법과 위에서부터 그리는 방법이 있습니다. 완만한 곡선으로 그린 둥근 하트가 있고, 가파른 곡선으로 뾰족하게 그린 하트도 있습니다. 색을 칠해 테두리 안을 채울 수도 있고, 속이 빈 채로 내버려둘 수도 있습니다. 좌우 대칭을 유지하는 하트가 있는 반면, 역시 양쪽의 크기가 다른 하트도 있습니다. 우리는 그것을 몸통만큼 크게 그릴 수도, 손톱만큼 작게 그릴 수도 있습니다. 노트에, 캔버스에, 태블릿에, 김 서린 창문에, 혹은 옆 사람 손등이나 등 뒤에 말입니다. 손가락 끝으로 허공에 그린 하트를 후, 하고 불어 날려 버릴 수도 있습니다. 또 그리지 않고 묘사하는 방법도 있습니다. 양 손바닥을 맞댄 뒤 갈고리를 만든다거나, 엄지와 검지를 비스듬히 교차시킨다거나 하는 식으로. 두 팔을 사용하면 보다 커다란 것도 만들 수 있거니와, 두 명이서 힘을 모아 더 큰 것도 만들 수도 있습니다.

마찬가지로 이 책은 내가 하트를 그리는 데 사용한 한 가지 방식입니다. 〈그러나 우리가 사랑으로〉는 글로 쓰인 한 권의 책인 동시에 수많은 획으로 이루어진 데생인 것입니다. 따라서 이곳의 마지막 문장, 혹은 마지막 획까지 주의 깊게 눈에 담았을 때, 당신은 내가 그린 하트의 초상을 마주하게 됩니다. 그것이 오늘의 내가 이해하고 있는 사랑의 전체입니다. 그것은 어느 날이고 틀림없이 당신의 마음속에 두둥실 떠올라 당신의 하트를 더 커다란 것으로, 더 투명한 것으로, 더 가벼운 것으로 변화시킬 것입니다. 아름다움이 아름다움을 끌어당기듯, 하나의 하트가 핑크빛 꼬리를 그으며 또 다른 하트를 물들이는 겁니다. 그로써 우리 사이의 간극은 사랑으로, 하트의 행렬로 메워지게 됩니다. 그 미묘한 결속력이 타락하는 세계로부터 우리의 사랑을 지켜 내기를 바랍니다.

이 책은 당신이 가장 긴 시간을 들여 감상한 그림이 될 것입니다. 또 가장 깊숙한 부분까지 헤아린 하트가 될 것입니다. 그곳에 사랑을 동봉합니다.

1

How to find

true love

진정한 사랑을 찾는 방법

사랑의 기본기

　서로에 대해 잘 모르는 한 사람과 긴 대화를 나눈 일이 있었다. 자, 지금부터 한 번 속속들이 알아 가 봅시다, 하는 식으로 문답을 이어간 거다. 우리는 가까운 시일 내에 무언가 중요한 사안을 결정하게 될지도 모르는 사이였기에, 나는 사실보다 조금 더 유능한 사람처럼 보이고 싶었다. 그러나 바람과는 달리 나는 어, 글쎄 그게, 음, 그러니까 말이죠, 하며 영 흐리멍덩하게 굴고 말았다. 무슨 대단한 질문에 애를 먹은 것도 아니다. 단지 좋아하는 게 무어냐는 물음 정도에 말문이 콱 막혀 버렸다. 분명 이것도 좋고 저것도 좋고, 좋아하는 게 너무 많아서 참말 큰일이라고 여겨 왔는데. 막상 그게 뭐냐고 물어 오니까 도무지 대답할 거리가 생각나지 않았다. 이유인 즉 내가 '나'에 대해서 몰라도 너무 모르는 탓이었다.

　내가 '나'에 대해서 알지 못한다. 그건 내면의 기본기가 부실하다는 얘기였다. 기본기의 부재는 언제나 커다란 과오로 이어지곤 했다. 발레를 할 적에 무척이나 절절히 체감하던 내용이다. 실력이 더 이상 향상되지 않던 동료도, 남들보다 자주 부상을 당하던 동료도 뒤늦게 알고 보면 기본기를 소홀히 한 탓이었다. 무지막지하게 연습을 해도 동작이 조금도 우아하지 않은 동료도 마찬가지였다. 그 애는 틀림없이 언제나 기본기를 지적받았다. 발레의 모든 동작은 기본기의 확장을 통해 이루어진다. 두 발을 딛고 땅에서 움직인다. 그다음 한 발은 땅에, 한 발은 공중에서 움직인다. 그리고 마침내 공중으로 뛰어오른다. 요컨대 그런 식의 전개이다. 그러니 어떤 동작에 애를 먹을 때에 해결책은 늘 기본기에 있다. 공중으로 뛰어올라 두 바퀴를 회전하는 테크닉을 구사한다고 할 때, 폭발적인 도약과 회전력을 연마하기에 앞서 올곧은 방향으로 뛰어오르기 위한 정교한 예비 동작이 선행되어야 한다. 두 다리에 체중을 균등히 분배하며 적절한 코디네이션을 구사하는 것. 그것이 무작정 뛰어오르기 이전에 이해해야 하는 더블 뜨루 앙 레르˚의 기본인 것이다. 제아무리 높게 뛰어올라 빠르게 회전한들, 안정적인 착지가 불가능하다면 처음으로 돌아가 기본부터 다시 연습하는 수밖에 없다.

그렇다면 내면의 기본기를 훈련하기 위해서는 뭘 해야 하나, 고민했다. 그 결과 십 대 때에도 안 하던 짓을 했다. 인터넷에서 유행하는 50문답, 100문답 같은 거. 스스로 묻고 대답하는 일이

더블 뚜르 앙 레르 Double Tour en l'air. 공중으로 뛰어올라 두 바퀴 회전하는 동작.

자신에 대해서 알아 가는 훈련이 될 거라 생각한 거다. 어릴 적에도 그런 게 유행했던 거 같은데, 여전히 유행하는 모양이었다. 남들이 다 하는 건 일단 어느 정도 싫어하고 보는 기질을 지닌 필자는 대개 그런 것들을 멸시해 왔다. 하지만 별것도 아닌 질문에 말문이 막혔던 기억이 적잖이 한심했던 터라 손해 볼 거야 없지, 하는 식으로 문답을 시작했다. 노트를 펼치고, 펜을 꺼내 질문과 대답을 또박또박 적어 내려갔다.

문답을 이어 간 소감을 묻는 마지막 질문에 대답을 적을 때에는 어쩌면 자문자답의 유행은 영영 그치지 않을지도 모른다고 생각했다. 자신의 얘기를 허심탄회하게 털어놓을 수 있는 공간을 갈망하는 이들은 앞으로도 끊이지 않을 테니 말이다. 자신을 드러낼 수 있는 수단은 날이 갈수록 세분화되어가고 있지만, 그 모든 것으로도 해소되지 않아 덩어리진 마음의 목소리가 누군가에겐 남아 있다. 그들은 어느 때인가 그것을 바깥으로 꺼내 놓아야만 하는 순간을 맞닥뜨린다. 하지만 마음 편히 떠들 곳도, 주의 깊게 들어주는 이도, 또 비밀을 지켜줄 이도 마땅치 않다는 생각이 들 때, 그들은 스스로 묻고 답하며 인터넷 세상에 그 회한을 고백하게 되는 거다.

마음이 단단한 이들은 하나같이 자신에 대해 얘기할 줄 안다. '나'와 기꺼이 대화할 줄 아는 이들만이 세상에 호소할 자신의 얘기를 확보할 수 있는 거다. 그건 내면의 평안을 위해 요구되는

기본기와도 같다. 나는 그 과정에서 쉽사리 무지막지한 자기혐오
에 빠지곤 한다. 무기력에 대한 자책을 맹렬한 비난으로 해소하는
습관이다. 그 모든 게 스스로에 대해 아는 게 별로 없는 까닭이지
싶다. 스스로에 대해 질문하고, 대답하고, 그를 통해 무언가를 쌓
아 가는 과정이 막막해 무작정 화를 내는 것이다. 그건 토론할 때
상대에게 탄탄한 논리 대신 고함과 아집, 욕설로 대응해 본인 얼굴
에 먹칠을 하는 것과 다름없다. 관객의 마음을 움직이는 무용수가
되기 위해서는 마음으로 춤을 춰야 한다고 배웠다. 관절의 올바른
정렬, 필요한 만큼 정확히 이동하는 중심, 섬세한 폴드브라와 두
발의 포지션, 그리고 길을 잃지 않는 시선은 훈련을 통해 다듬어야
할 기본기이다. 하지만 그들의 춤이 무대 위에서, 조명 아래서, 몰
아치는 음악 속에서 정말로 관객의 마음을 동요시키는 때는, 그러
한 기본기 위로 마지막 무엇인가가 포개졌을 때이다. 그것은 치밀
한 기본기를 생략하고는 결코 성립되지 않는, 가슴으로부터 우러
나오는 예술성이다. 그제야 발레는 비로소 춤이 된다. 각각 이름
붙인 동작의 나열이 아닌, 관객의 마음을 울리는 벅찬 움직임으로
거듭나는 거다. 삶에서의 중요한 가치 또한 그렇게 완성되는 게 아
닐까. 스스로 묻고, 대답해야 한다. 일상적으로 고민하고, 사색해
야 한다. 웃기고, 울리고, 멱살을 올리고, 등을 쓰다듬고, 수치심과
자부심 두 가지 모두와 친해져야 한다. 다양한 감정을 터놓은 상대
와 만이 진정한 친구가 될 수 있다. 자신과의 친목을 다지는 데에
도 다른 요령이 없다. 순서를 바로 알고, 기본을 존중해야 한다. 요

컨대 내 안에 내가 있음을 못 이기는 척이라도 사무치게 사랑해야 하는 거다. 그런 뒤에야 우리는 진정한 '나'로서 홀로 선 자신을 마주할 수 있다.

♥

문답 중 유독 씁쓸했던 질문 Q 2/50. 인생에서 놓친 인연 중 딱 한 명을 붙잡는다면 누굴 잡겠냐는 질문이 기억에 남는다. 나는 '2018'하고 답을 적었다. 한 명을 고르라는 질문에 년도를 통째로 적어 버린 게 조금은 이상하다. 하지만 도무지 '놓쳤다.'라는 느낌이 드는 특정 인물은 한 명도 떠오르질 않는 반면, 내게 2018년은 놓쳐 버린 무엇이 아닌 다른 의미로는 설명할 수 없는 한 해였다. 나는 그 해 틀림없이 많은 것을 놓쳐 버린 것이다. 한데, 그 해는 내 한평생 가장 많은 여자와 데이트한 해이기도 했다. 돌이켜 보면 조금 모순적이기도 하다. 몸도 마음도 가장 엉망이던 때에 인기는 좋았다. 원래 그런 게 좀 먹히는 걸까. 그런 생각을 하면, 암만 생각해 보아도 그때의 나한텐 있었고, 지금의 나에게는 없는 게 당최 뭔지 알 수 없다. 뭘 그렇게 놓쳐 버린 걸까. 어떤 대단히 중요한 걸 잃어 버렸기에 이제는 그때처럼 여러 사람을 만나 데이트할 수 없는 걸까. 데이트가 하고 싶다는 얘기가 아니다. 또 한 번 그때처럼 엉망으로 무너지는 날이 있어서야 안 되겠지만, 정말로 그와 같은 시절이 내게 다시는 돌아오지 않을 거라는 걸 나는 느낄 수 있다. 단지 그 얼얼한 감각을 어떤 말로 달래 두어야 할지, 나는 알지 못하는 것이다.

템포의 단상

생각해 보면 어느 정도 황당한 일입니다. 세상에는 서로 정반대를 가리키는 두 가지 이념이 아무렇지 않게 뒤섞여 통용되고 있습니다. 사사로운 예를 들기 시작하면 얘기가 도무지 끝이 나지 않을 텐데, '집을 먼저 사야 해.'와 '차를 먼저 사야 해.', '안정적인 직장이 바람직해.'와 '좋아하는 일을 하고 살아야 해.', '돈이 최고야.'와 '돈은 어디까지나 둘째야.', '주식 안 하면 바보지.'와 '함부로 주식 같은 걸 하니까 바보가 되는 거야.' 같은 얘기들이 그렇습니다. 나는 종종 맞닥뜨리는 그런 종류의 사항을 두고 빨간불과 파란불이 동시에 켜졌다고 얘기하곤 합니다. 어느 쪽 신호를 믿어야 할지 좀처럼 알 수 없으니 말입니다. 하지만 만약 자동차를 타고 가다 실제로 어느 도로 위에서 그러한 상황을 맞닥뜨렸다고 가정해 봅시다. 빨간불과 파란불이 동시에 켜 있다. 정상적인 신호를 기다려 보지만, 금세 고쳐질 것 같지는 않다. 아마도 우린 언제까지고 눈치를 살피며 제자리에 멈춰 서 있지 않을 겁니다. 이러나저러나 적당히 슬금슬금 앞으로 나아가는 수밖에 없는 것이지요. 결국 세간의 표지가 무얼 가리키고 권고하는지 알 수 없을 때면 제멋대로 나아가는 방법밖에 없지 싶습니다. 다만, 주의 깊게 앞으로 나아가겠지요.

그럭저럭 즐겁게 살아가려 애쓰고 있습니다. 내 경험상 즐겁게 살아가는 데에는 남들 하는 얘기에 필요 이상 귀 기울이지 않는 태도가 어느 정도 도움이 되는 것 같습니다. 어디까지나 힘이 닿는 선에서의 얘기지만, 나는 사람들이 하는 얘기에 휘둘리지 않고 살아가기 위해 촉에 날을 세워 살아가고 있습니다. 무수한 결정의 결과로서 따르는 책임이 온전히 자기 자신의 것임을 늘 염두에 두는 겁니다. 그러니 만족스러운 거 몇 가지 없는 제 처지임에도, 불만족의 원흉을 남의 탓으로 돌려본 지 꽤 되었습니다. 뭐가 잘돼도, 잘 안 돼도 그 덕과 탓 모두 내 안에서 찾으려 합니다. 퍽 어른스럽게 구는 것처럼 들릴지 모르겠는데, 실은 한 해 두 해 남 얘기를 듣지 않고 제멋대로 살아가다 보면, 남 탓 같은 건 하고 싶어도 할 수 없어집니다. 엄한데 들쑤실 자격을 상실하고, 그 대신 최소한의 염치와 위기감이 생겨나는 겁니다. 때때로 외줄 위를 걷는 기분이 들곤 합니다. 하지만 적어도 내가 골라 탄 외줄이라는 점을 의식하며 일단 뒤는 돌아보지 않습니다. 어차피 되돌아가기엔 지나치게 멀리 떠나왔는지도 모릅니다.

그렇게 정신을 차리고 보니 별안간 이십 대 중반이 되어 버렸습니다. 고작 스물여섯 해 밖에 살아 보질 않았으니, 내게 스물여섯이라는 나이는 마치 어느 날 갑자기 그렇게 되어 버린 것처럼 새삼 생경하기만 합니다. 이와 같은 이질감은 한 살 더 먹는 그 날 거짓말처럼 싹 가실 것입니다. 그리고는 자연스럽게 하나 늘어버린 숫자와 내외하는 사이가 되겠지요. 수순이 그렇게 될 거라는 확신은 그다지 길지 않은 생애 동안 절절히 학습한 바입니다. 여지없이 남을 탓할 수 없는 일입니다. 갑작스레 스물여섯 살이 되어버린 데에는, 스물여섯 살을 먹어 버린 제 탓밖에 없으니 말이죠.

　　　세상사 똑바로 알고 있는 것이 몇 가지 없는 처지입니다만, 이십 대 중반에 접어들자 본격적으로 알 수 없어졌습니다. '인생 짧다.' 혹은 '인생 길다.'라는 난제를 맞닥뜨려, 커다란 언덕을 앞둔 교차로에 멈춰서 빨간불과 파란불이 동시에 들어온 신호등을 하염없이 올려다보게 되는 겁니다. 핸들을 꽉 말아 쥐고 발을 동동 구르며 고민에 휩싸입니다. 기어를 중립에 두고 '그래서 짧다는 거야, 길다는 거야?'라며 인상을 찌푸립니다. 인생이 짧은가 혹은 긴가에 대한 의문은 이때까지의 삶이 인생 전체 중 얼마만큼의 공간과 의미를 차지할 것이며, 오늘의 나를 둘러싼 이 시기는 과연 땅을 다질 때인가, 씨를 뿌릴 때인가, 수확을 할 때인가, 팔아야 할 때인가에 대한 논의로 이어집니다. 머릿속에서 의문이 확산될수록 자욱한 모호함은 짙어져 갑니다. 그런데 도통 난감한 것이 점심 먹을 적에는 '나도 더는 어린 나이가 아니야.' 하고 현실과의 타협을 생각합니다. 한데, 저녁 먹을 적에는 '아직 이렇게 새파랗게 어린 걸?' 하고 모험의 흥미를 떠올립니다. 인생이 짧기만 한 것이라면 내 나이도 어리다고 치부하기엔 약간의 무리가 있을 겁니다. 하지만 인생이 길고 긴 여정이라면 나 정도 나이는 한창 귀여움을 받을 때가 아닌가 싶기도 합니다. 이렇듯 한데 어울릴 수 없는 두 가지 상념이 인격 속에서 진영을 갈라 고지 탈환전을 반복합니다. 그러니 어느 한쪽의 편을 들어 그에 들어맞는 계획을 우직하게 세워나가기가 망설여지는 것입니다. 하지만 그런 고민을 끌어안고 있는 사이에도 시간은 착실히 제 몫을 다해 앞으로 나아가고 있습니다. 타임, 하고 외쳐 봐도 세계의 그 어떤 작은 세부사항도 기다려 주지를 않습니다.

자, 과연 인생이란 짧은 걸까요, 긴 걸까요? 그에 대해서 내가 내린 나름의 답은 '다 살아 보기 전까지는 알 수 없다.'라는 겁니다. 이런 식으로 모호한 대답밖에는 할 수 없습니다. 왜냐하면 시간이라는 것은 원칙적으로 삶을 담아내는 커다란 테두리에 불과하기 때문입니다. 같은 시간이라도 그 기억의 스펙트럼은 각 인격의 소유자마다 상이합니다. 시간이라는 세월 속을 살아가며 인생을 짧게 바라보든 길게 바라보든 그것은 순전히 개개인의 의지와 그가 속한 환경에 달려 있는 것입니다. 즉, 모두의 시간이 다르게 흘러간다고 얘기해도 일단 무리가 되는 지점은 없습니다. 그렇다면 자신을 포함해 세계의 모든 것을 앞으로 휩쓸어 가는 '시간'이라는 것의 주인이 되기 위해서는, 그릇 안을 무엇으로 어떻게 채위 나갈지 스스로 정해야만 할 것입니다. 다르게 말하면 우리에겐 시간의 진행을 자신의 것으로 만들 수 있는 기회가 있다는 말입니다. 아이러니하게도 빨간불과 파란불이 모두 켜져 있는 덕분에 세간의 신호 앞에서 우리는 자유 의지를 얻는 것입니다. 머뭇거리는 사이, 어느 시점에선가 결국 삶을 대하는 태도와 입장은 스스로 결정해야 하는 것임을 우리는 어렴풋이 깨닫게 됩니다. 하지만 세간의 여러 복합적인 현상에 의해서 그 권리를 스스로 죽이고 마는 것이지요.

그런데 한 번쯤 심도 있게 고민해 볼 것이, 흔히 인생이 짧은지 혹은 긴지에 대하여 논할 때, 우리는 문자의 표면적인 뜻처럼 생애의 길이감을 얘기하지 않습니다. 알고 보면 장단長短에 빗대어 생애의 속도감에 대한 정론을 주장하곤 하는 겁니다. 무슨 말인가 하면, 친구끼리 '야, 인생 짧아.'라고 말할 땐 '살날이 얼마 남지 않았어.'라는 얘기라기보다는 '인생은 순식간에 휘몰아치는 것이라서 정신 똑바로 차리지 않으면 어느새 중년 아저씨가 되어 있을 거야.' 하는 뜻에 가깝습니다. 반대로 '야, 인생 길다.'라고 얘기할 때는 '죽으려면 한참 멀었으니까 아무 걱정하지 마.'라는 뜻보다도 '이도 저도 아니게 조급하게 굴었다가 두고두고 후회하지 말고, 합리적으로 생각해.' 하는 뜻에 가깝습니다. 이 말이 설득력을 갖춘 얘기라면, 위에서 내가 이십 대 중반이 되어 본격적으로 알 수 없어졌다는 것은 단순히 삶의 길이감이 아닌 속도감에 대한 사항일지도 모르겠습니다.

생애를 빠르게 통과하려 애쓴 이의 인생은 짧게 기억될 것이고, 느리게 향유하려 주의를 기울인 이의 인생은 길게 기억됩니다. 이렇게 무를 자르듯 딱 떨어지는 공식이 인류학의 중심을 적확히 관통한다면 좋겠지만, 역시 수명이 다할 때가 돼서야 진실을 깨닫게 되지 않을까 싶기도 합니다. 하지만 그럼에도 '몇 km 시속으로 앞으로의 삶을 통과해 나갈 것인가.'라는 고민은 필시 사색을 바칠 가치가 있다고 생각합니다. 그건 '무엇을 쫓아 어디를 향해 나아갈 것이냐.'와 맞닿은 문제이기 때문입니다. 행복이라는 것과 밀접한 관계를 갖습니다. 그런데 고장 난 신호등 아래 그와 같은 난제를 떠안고 주변을 살필 때면, 주위는 세상사에 등 떠밀려 조급하다는 듯이 연거푸 클랙슨을 울려 대는 이들과 액셀러레이터를 콱 밟고 언덕 너머로 돌진하는 이들의 소음으로 손쓸 도리 없을 만큼 난잡합니다. 그 사이에서 마음을 느긋이 먹는 일은 과연 쉬운 일이 아닙니다. 바로 그 지점에서 상대적인 속도감이 사고에 개입하여 머릿속을 흩트려 놓기 시작하는 겁니다. 자칫 모든 걸 엉망으로 만들어 버릴 수 있는 위험이 도사리게 되는 겁니다.

한동안 글쓰기 자체보다 글쓰기 행위에 관하여 생각하는 일에 시간을 할애했습니다. 그에 관한 원론적인 의문과 'What to say'의 부재, 또 자기 확신의 부족으로 인해 때때로 도무지 글을 쓸 수 없었기 때문입니다. 글이 쓰고 싶어 글 쓰는 사람이 되기로 마음먹었고, 잇달아 글을 써야만 체면이 서는 사람이 되었거늘, 이대로 괜찮은가? 하는 질문을 맞닥뜨릴 때마다 밀려오는 공허함에 온 기세를 다 털려 버렸습니다. 글을 쓰지 못하는 때의 나는 무척이나 취약한 상태가 되어 버리고 맙니다. 이판사판 기회다 싶어 사람들을 만나 신나게 논다거나 하는 그런 천하 태평한 위트를 나는 전혀 발휘하지 못합니다. 타고난 기질이 그렇게까지 양반은 아니지 싶습니다. 하지만 위에서 말했다시피 난 더 이상 남 탓 같은 거 할 수 없는 처지랍니다. 그러니 모쪼록 눈물을 머금고라도 제 살길 제 발로 찾아 나서야 했습니다. 하여, 집필을 중단한 대신 기회가 있을 때마다 글쓰기에 관한 고민을 배출해내려 노력했습니다. 브레이크를 부드럽게 밟아 속도를 최대한 낮춘 채 사색의 길로 접어든 것입니다. 끈덕지게 서행하며 주변과 내부를 살폈습니다. 그는 회의로부터의 탈출을 바라고 있음, 그리고 자그마한 해답이라도 얻기 위해 나름의 고행을 감내하고 있다는 뜻이었습니다. 필요한 질문과 질타 모두 스스로에게 가했습니다. 구슬픈 답변과 생채기에서 흐르는 혈흔도 오로지 내 안에 고였습니다. 그간의 생애를 돌이켜 볼 때, 골치 아픈 일은 쏙 피해 외면하는데 능했으니, 근본적인 염증을 피하지 않고 정면으로 맞부딪쳤다는 점에서 나 자신을 푸짐하게 칭찬해 주고 싶은 마음입니다. 하지만 역시 시간은 찰나의 지체도 없이 나를 두고 앞으로 나아갔습니다. 그렇게 수개월을 커피와 담배만 축내며 공들여 만든 인센스 홀더가 재떨이로 전락하는 동안에도 글은 전혀 쓰지 못하는 고독한 시간을 견뎌내야 했습니다.

응당 선행되어야 했던 고민을 뒤늦게 붙잡아, 할 일의 속도를 내지 못하는 꼴이었습니다. 게다가 문제는 그뿐만이 아닙니다. 작가에게 집필은 커리어의 핵심 엔지니어링입니다. 또 책을 팔아 받는 인세는 생계를 이어 가는 수단, 속되게 말해 밥줄이지요. 작가가 글을 쓰지 못할 때, 실질적으로 가장 큰 타격을 받는, 아니 가장 불행해지는 존재는 다름 아닌 작가 본인인 겁니다. 착실히 흘러가는 시간과 차츰차츰 줄어드는 통장의 잔고를 확인할 때면 마음은 한없이 조급해집니다. 더불어 슬슬 동갑내기 친구들이 그럴듯한 성과를 하나둘씩 내놓기 시작합니다. 유명 잡지에 번번이 얼굴을 비추기 시작한 친구, 첫 번째 정규 앨범을 발표하고 홍보에 힘을 쏟는 친구, 전시를 열어 이름을 알리고 작품이 팔리기 시작한 친구, 이름 들어본 회사에 취업해 벌써부터 효도의 구색을 갖춰가는 친구, 연출과 출연을 도맡아 올린 공연을 매진시킨 친구. 그네들의 건전한 성과는 그들이 안고 온 속도감을 일종의 표지로서 장식합니다. 그것은 나의 막연한 조급함에 상대성마저 불어넣어 혼란을 가중시켰습니다. 내가 말하는 상대적인 속도감이란 그러한 혼란을 비롯해, 외부적인 요인으로 인해 취약한 상태가 되는 것을 얘기합니다. 다양한 경우가 있겠지만, 우리는 얼추 그런 식으로 상대적인 속도감에 이성을 잃곤 합니다. 예컨대 길을 걷다 페라리나 람보르기니 스포츠카를 보고 알 수 없는 박탈감을 느낄 수도 있고,

SNS 상의 화려하게만 보이는 생판 남의 일상을 엿보고 그럴 수도 있고, 연예인을 대상으로 그런 느낌을 받을 수도 있습니다. 하긴, G-DRAGON은 내 나이 때 뭘 했답니까. BTS는 두말할 것도 없지요. 그러나 사실은, 정말이지 냉정하게 생각해 보자면 남이 어떤 성과를 이루든지 그것은 원칙적으로 자신과는 관계가 없는 일입니다. 되풀이하지만, 시간에 새겨진 기억의 스펙트럼은 철저히 모두가 상이합니다. 삶을 헤쳐 나가는 속도감과 페이스는 누가 뭐래도 스스로 결정지어야 마땅한 것이니까요. 스티브 잡스가 처음 아이폰을 발표할 때처럼 혁신적인 얘기도 아니지만, 자신의 삶은 다른 누구의 것이 아닙니다. 상대적으로 초라한 기분이 든다고 해서 착실히 다져 나가던 무언가의 가치를 전복시켜야, 될 일도 그르치고 마는 겁니다. 도무지 아무것도 성취할 수 없는 사람이 되고 마는 것이지요. 필시 어긋난 행복을 좇아 길을 잃게 되어 있습니다. 고유의 속도감을 잃어버린 삶은 생명력을 박탈당하는 겁니다.

나 역시 올바른 접근을 위해 속도를 늦추고 잠시 성과를 유예하기로 한 결정이 유의미하다는 믿음을 잃지 않으려고 끊임없이 다짐하고 있습니다. 그리고 만일 이것이 결과적으로 내게 유쾌하지 않은 결과를 초래할 지라도, 여태 그래 왔던 것처럼 그 누구도 탓하지 않습니다. 누가 뭐래도 내 결정은 확고합니다. 훗날의 융통무애를 위해서는 당장은 속도를 낮출 필요가 있습니다. 초석을 다듬는 데 할애한 이 한때는 나의 집필을 궤도 위로 쏘아 올려

10년이고 20년이고 이어 가게 할 동력의 밑거름이 될 테니 말입니다. 절대로 건너뛸 수 없는 필수불가결의 시행과 착오 과정입니다.

　여태 늘어놓은 얘기를 정리하자면, 어디를 향해 어느 속도로 나아가든 그것이 스스로 결정한 바라면 그 삶은 고유의 가치가 있다는 겁니다. 반면에 남들이 좇는 가치에 눈이 멀어 타인의 행렬에 등 떠밀릴 때, 그래서 고유의 속도감을 잃어버릴 때 우리는 근본적인 불행을 떠안게 되는지도 모르겠습니다. 남의 인생과 내 삶은 한끝의 접점도 없습니다. 상대적인 속도감으로부터 벗어나 생명력이 충만한 순간 속에 살며 온전한 시간을 향유한다면, 나는 그 안에서 맞닥뜨리는 장애물과 언제나 정면으로 맞부딪칠 것입니다. 한 철 만에 지든, 두 철을 버티든, 꽃은 꽃입니다. 옆에 핀 꽃보다 늦게 핀 꽃이라고 해서 그 꽃의 아름다움이 변질되지는 않습니다. 그 누구도 어느 꽃이 옆에 있는 꽃보다 먼저 피었다고 해서 가장 아름다운 꽃이라고 단언하지 않습니다. 제 잘난 줄 알면 그만 꽃입니다. 느리게 피어도 꽃이 꽃답게 굴면 그게 꽃이지 다른 무엇일 리 없습니다. 그런 얘기가 되겠습니다.

느리게 피어도 꽃은 꽃이니

느리게 피어도 꽃은 꽃이니

느리게 피어도 꽃은 꽃이니

한없이 투명한
젊음의 초상

비 내리는 3·1절, 동네 친구인 하늘과 나는 낮부터 붉은 와인을 마시기 시작했다. 새로 산 레코드 위에 바늘을 올린 뒤 잔을 살포시 부딪쳤다. 캉, 하고. 잠시간의 침묵이 이어진다. 창문 사이로 3월의 젖은 비바람이 불고, 레몬 향 인센스가 타고 있었다. 조금 있으면 봄이 돌아온다고 말하는 축축한 냄새. 포도주에 곁들여 입안에 머금었다. 취할 때까지 마실 생각은 아니었는데. 캉, 캉, 리듬이 이어지면 멜로디의 진행은 걷잡을 수 없다. 낮에 마시는 붉은 포도주는 비 내리는 베를린 변방처럼 텁텁하고, 고요했다. 기어코 우리 사이에는 좀처럼 등장하지 않는 주제까지 얌전히 등판하고 만다. 뭐랄까, 야한 얘기 같은 거. 겨울 내내 얼어붙은 무언가가 조금씩 녹고 있다는 뜻이었다.

내가 두 번째 와인의 코르크를 따는 동안, 하늘은 억울하고 머쓱하다는 듯이 푸념을 늘어놓았다. 좋아할까, 하던 애가 속을 썩이는 바람에 알 수 없는 회의감에 빠져들었다는 거다. 연애 감정에 그다지 동요하는 모습을 보이지 않던 그 애는, 듣고 보니 확실히 요 며칠 때때로 낯선 모습을 보였던 것 같기도 하다. 그 둘은 내가 다리를 놓아 준 사이였다. 그 둘이서 잘 된다면, 적어도 올여름 휴가는 꽤나 대책 없이 즐거울 거라고 상상했다. 그리고 적어도 내 생각에는 둘의 관계가 순탄히 궤도에 오르고 있다고 생각했다. 하지만 잘 안 된 모양이라고 하니까. 별수 없다. 당사자들이 인연까진 아니라는데, 타인이 부추길 수 있는 건 그 무엇도 없는 것이다. 하늘은 자신의 다음 연애가 다음 년도에나 이루어 것 같다며 비관적으로 예견했다. 나는 이제 고작 3월인데 무슨 얼어 죽을 소리야, 하고 말했다. 그 애는, 자기는 정말 잘 모르겠다는 말을 반복한다. 그 애는 외로웠다. 그 애는 속이 복잡했다. 하늘은 이 계절에 동요하고 말아 버린 거다.

너는 연애를 왜 하냐는 하늘의 질문에, 나는 시절을 지켜내기 위함이라고 단언했다. 일상의 의미를 인지하고 자각하는 순간을 늘려 나가기 위함이라고 했다. 나누지 않으면, 밖으로 드러내지 않으면, 없는 것과 마찬가지인 것들을 바깥으로 꺼내어 공유하기 위함이라고 했다. 서로의 바로 지금을, 서로가 기억해 주기 위함이라고 했다. 젊은 날의 이 모습을, 두 번은 없는 유일무이의 오늘을, 평생토록 그리워하게 될 이 시절을 혼자만 알고 있는 건 비극이라고. 서로를 기쁘게 하고, 슬프게 하고, 안아 주고, 밀어내며 기억에 아로새기는 순간은 훗날 우리의 젊은 한 시절을 한 사람의 이름과 연결지어 간직할 수 있게 해 줄 거라고. 그리고 그 기억은 언제까지고 혼자만의 것이 아닌, 어딘가에 있을 짝과 절반씩 나누어 간직하는 소중한 무엇일 거라고. 훗날 그리움에 눈물을 쏟는 날이면 짝의 가슴도 반짝, 하고 시큰거릴 것이라고. 그만한 의미가 있는데, 사랑에 빠지는 일을 망설일 이유가 없다고. 나는 그 애에게 말했다. 지나간 한 때는 오늘의 내 곁에 있을 수 없어. 그러니 우리는 오늘을 나눠 갖음으로써 서로의 한 시절을 간직해 줘야 해. 그렇게 지켜내는 거야. 흩어져버릴 나날의 단상을. 하늘은 얘기를 듣고 나니 다시 파이팅 해 볼 마음이 생겨났다고 말했다. 정말이지 그런 마음이 다시금 솟아난 표정을 하고서. 리듬이 비었다. 캉, 하고 잔을 부딪칠 차례였다.

내가 글을 쓰며 애를 먹을 때, 하늘은 우리가 나눈 적 있는 이런 얘기를 써 보라, 저런 얘기를 써 보라며 격려하곤 한다. 하지만 나는 대개 하늘에게 떠드는 것만큼 글을 쓰지는 못 한다. 3월의 첫날, 젖은 바람과 포도주에 취해서라면 얼마든지 떠들 수 있는 얘기도, 글로 쓰려고 하면 선뜻 손이 움직이지 않는 거다. 이런 얘기를 할 자격이나 있나, 하고 자꾸만 스스로를 검열하는 탓이다. 그러나 개중에 몇 번쯤은 꼭 적어야만 하는, 절대로 놓쳐서는 안 될 삶의 희망 같은 것들을 마주한다. 한없이 투명한 젊음의 단상 같은 거라서 여러 번이나 곱씹지 않고는 참지 못하는 거다. 덕분에 아주

가끔은 귀한 글을 쓴다. 친구가 집에 가고 난 자리에 앉아 붉은 자
국이 선명한 두 개의 와인 잔을 옆에 두고 쓰는 지금처럼. 이유도
모른 채 눈물을 죽죽 흘리고 있는 지금처럼.

　　세상에는 결과론적인 방식으로 접근해야 할 사안이 있고,
그래서야 영 허무해지고 마는 일들이 있다. 요컨대 자격증 취득 같
은 일이라면 분명한 목적과 보상받게 될 대가를 고려해야 한다. 이
사 갈 동네를 고르는 일, 전공을 고르는 일, 가전제품을 고르는 일
따위가 전자에 해당한다. 그러나 어떤 일들은 결과나 대가가 아
닌 과정을 통해 더욱 푸릇한 가치를 부여받는다. 예컨대 연애, 섹
스, 여행, 독서, 음악, 영화, 와인, 대화, 산책 같은 것들. 우리는 때
때로 멈춰서 돌이켜 봐야 한다. 과정 속에 사랑이 숨겨져 있는 행
위를 두고 결과와 대가만을 요구하고 있지는 않은지. 결과만이 중
요한 삶이라면, 일상의 모든 것은 죽음을 향한 과정으로 전락한다.
누구도 죽기 위해 살지 않는다. 모두가 자신의 방식대로 즐겁게 살
아가려 한다. 그러나 당신이 사랑에 빠지는 일을 뒤로 미룬다면,
그때마다 절벽 아래로 무언가를 떨어뜨리고 만다. 이루어 말할 수
없을 만큼 소중한 것을. 숨이 붙어 있는 동안에만 허락되는 아름답
고도 값진 가치를.

동결된 기억

　　스무 살부터 스물셋까지 사용한 자그마한 아이폰을 며칠 전 침대 매트리스 밑에서 찾았다. 언제는 방을 온통 뒤집어도 나타나지 않더니 별안간 어쩌면, 하고 손을 찔러 넣자 곧장 손가락 끝이 각진 모퉁이에 가닿는다. 커다란 산삼을 발견한 심마니처럼 나는 혀를 삐죽 물고서 조심스럽게 그것을 건져 올렸다. 네모바지 스펀지밥 케이스, 여전히 활짝 웃고 있다.

　　지금 사용하는 신형 모델과는 손에 쥐는 느낌이 현저히 다르다. 커다랗고 매끈한 대신, 작고, 각졌다. 둘 중에 뭐가 더 낫다고 하긴 어렵지만, 손에 쥐는 맛만큼은 옛것이 월등하다. 눈, 코, 입의 굴곡 대신 손끝으로 주인을 알아보는 섬세하고도 한물간 보안 체제를 비롯해 지금의 것에는 사라진 여러 것들이 옛것에는 머물러 있었다. 똑딱이는 배꼽, 다소 불필요한 상하 여백, 이어폰 단자를 꽂는 동그란 구멍, 손맛을 제외한 대부분이 오늘의 것보다 뒤처지는 그것은 내게 애틋하다. 배터리가 방전된 기기를 손에 쥐는 것만으로도 스무 살의 나로 돌아가는 기분을 느껴볼 수 있는 거다.

충전기를 꽂고, 배터리가 충전되길 기다리고 있자니 남의 핸드폰을 훔쳐보려는 것처럼 긴장됐다. 나는 그 안에 담겨 있을 온갖 추억거리를 떠올렸다. 그맘때면, 진짜 괴랄한 메모들이 한가득 있겠고, 사진첩에는 바르셀로나의 초여름, 시칠리아의 겨울, 도쿄의 봄, 사이판의 땡볕이 남아 있다. 참, 그 애랑 주고받은 연락도 남아 있겠다. 대학 시절 뒷산에 올라 기합을 받던 때 남긴 녹음 파일도 끝내 지우지 않았다. 어떤 형태로든 선명히 남아 있을 그들과 그곳, 그리고 그때를 겪을 적의 내 모습을 조금 뒤에 만날 생각을 하니까 기껏해야 한 몇 분이 꽤나 길게 느껴졌다. 일일이 기억해 내지 못하는 디테일이 고스란히 어딘가에 기록되어 있다고 생각하니 마음 한편이 충만해졌다. 위태롭게 쌓아 올려 짊고 다니느라 질질 흘려도 손 쓸 도리 없다고 치부해 온 것들이 커다란 창고에 차곡차곡 쌓여 있었다니까.

마침내 최소한의 전력이 보충되자, 하얀색 사과 로고가 화면에 드리웠다. 개봉박두. 과거의 내가 시시콜콜 남겨둔 잔류물로 인해 오늘의 나는 감정의 거센 동요를 느끼고, 그리운 누군가를 떠올리며, 자칫 지어 보지 못했을 글을 쓸쓸히 써 내려갈 것이리라. 사과 위로 작게 피어오르는 빛줄기에 눈이 다 부실 지경이었다. 하지만 몇 초 뒤. 나는 이내 이마를 탁, 치며 나직이 욕지거리를 뱉고 만다. 비밀번호가 전혀 기억나지 않는 거다. 지문 인식은 부팅 후

최초 한 번 비밀번호를 입력한 뒤에 활성화된다. 주여, 그맘때 내게 쉬웠던 6자리 숫자를 당신은 알고 계십니까? 아실 리가 없다. 또한 이럴 때만 찾는 내 물음에 답해 주실 리도 없다.

애써 담담한 표정으로 익숙한 숫자를 몇 차례 입력했다. 이거 아니면 이거겠지, 싶은 후보들의 모가지가 즉석에서 뎅겅, 뎅겅 잘려 나갔다. 오답이 거듭될 때마다 핸드폰은 냉철하게 몸을 떨었다. 손 타기 싫어하는 고양이처럼 진짜 매몰차게. 꼭 3년간 만나 온 애인이 어느 날 장난삼아 자기 생일을 물었을 때, 도무지 어느 계절인지조차 떠오르지 않아 마치 장난처럼 슬쩍 넘기려는데, 낌새를 알아차린 상대가 못내 집요하게 정답을 요구하는 상황과 같다.

그녀가 정색한다. 그녀가 포크를 내려놓는다. 그녀가 말없이 바라본다. 그녀가 애써 웃는다. 그녀가 고개를 떨군다. 그녀가 몸을 떤다. 그녀가 붉어진 눈을 치켜뜬다. 그녀가 나를 노려본다. 그녀가 운다! 그녀가 떠난다!

"미, 미안해……!"

이튿날이 밝는다. 나는 기억날 리 없는 6자리 숫자를 몇 번이고 눌러, 살아 있는 한 때를 무자비하게 동결시킨 참이다. 그녀는, 아니 나의 옛 핸드폰은 터무니없이 처참하게 얼어붙어 버렸다.

걷잡을 수조차 없다. 기회의 유한함을 이미 알고 있지 않았는가. 더 이상의 경고 없이 완전히 잠겨 버린 보안 체제 앞에서 나는 절망했다. 머릿속은 그 시절의 일부를 잊으려 했다. '얘들아, 이거 어차피 쓰지도 못하는 거란다!' 하고 가상의 일꾼들이 합을 맞춰 창고를 비워 내기 시작한 거다. 영차, 영차. 무너져 내리는 기둥에 마음속이 허하다. 나란히 손을 맞잡은 남녀의 앞으로 세상이 박살나던 영화 〈파이트 클럽〉의 엔딩이 떠오른다. 들려오는 음악은 필시 '픽시스'의 〈Where is my mind?〉. 나는 그렇게 몇 년간의 기록이 담긴 필름을 불태워 버렸다.

여전히 웃는 네모바지 스펀지밥. 가끔 손에 꼭 쥐어 본다. 한 손에 쏙 들어온다. 차갑다. 각지고 가벼운 몸체, 한동안 손아귀 안에서 이리저리 뒤집고, 매만지면 이 안에 들어 있는 무언가가 흐릿하게나마 느껴지곤 한다. 수정구를 보듬어 점괘를 읽는 집시의 마녀, 혹은 얼어붙은 땅에 귀를 가져다 대는 인디언처럼 내게도 특별한 능력이 생겨버린 걸까. 어쩌면 어딘가에는 고스란히 남아 있는지도 모른다. 덮어놓은 채 통째로 잃어버린 기억이. 그곳에 있었다는 걸 알지만, 그것이 무엇인지, 어디에 가면 다시 만날 수 있는 건지 알 수 없어져 버린 한 시절의 지난한 상념이. 그곳에는 자물쇠를 걸고서 다시 열 수 없도록 부러뜨린 열쇠들의 무덤이 있을 거다. 강가에 던져 버린 일기를 되찾으려 물속으로 뛰어들 때 그곳에 벗어 둔 몇 벌의 옷가지들이 놓여 있을 거다. 무언가를 잊는다

는 것, 잃는다는 것, 그래서 다시는 볼 수 없게 된다는 것. 그건 지
나치게 서글픈 일이다. 그러나 그 서글픔조차 잊고, 잃어버려서 다
시 보지 않는다면, 우리는 앞으로 더 많은 것들을 잃어버리게 된
다. 이미 잊어버렸기 때문에, 지금도 잃어버리고 있기에, 그래서
때때로 자연히 고통스럽다. 그러니 다시 볼 수 없는 것들을 위해
흘리는 눈물은 아낄 이유가 없다.

다시는 볼 수 없게 된다는 것

다시는 볼 수 없게 된다는 것

다시는 볼 수 없게 된다는 것

이 도시에서 나는
조급할 이유가 없다

　　특별히 잘 된 적도, 특별히 망해 버린 적도 없지만, 2년간 흥망성쇠를 함께해 온 작업실을 이사하게 되었습니다. 다른 책에서 누나와 매형에게 신세를 지게 되었다고 말한 성수 작업실 얘기입니다. 밤낮으로 지지고 볶고 잘도 놀았습니다. 머무르는 동안 여러 산문과 단편 소설, 그리고 짧은 영화를 두 편 찍었습니다. 여기 앉아서 새로 감은 필름은 몇 롤이나 될까, 생각하면 계속해 치솟는 필름 가격에 후두부가 저려 오기까지 합니다. 공구와 자재를 구매해 필요한 가구를 만들기도 했습니다. 작은 베란다 창에 의존해 나무 표면을 갈고, 구멍을 뚫고, 피스를 박아 넣고, 채색에 마감까지 한 겁니다. 나무 만지는 일에 능숙해진 무렵에는 미대생 친구에게 캐스팅 기법을 배워 인센스 홀더 같은 시시콜콜한 소품을 만들었습니다. 이렇듯 사무실 한 칸이 글 쓰는 작업실 겸 작은 공방으로 활약하는 동안 실내는 무진장 엉망이 되어 버렸는데, 미루고 미루다 나갈 때가 되어 정리를 하려니 감내해야 할 고생이 조금일

리 없습니다.

　　일추 정리를 마치고 먼지를 뒤집어쓴 채로 옥상에 올라 습관처럼 담배를 한 대 입에 물었습니다. 시큼한 땀 냄새 머금은 윗옷을 벗고, 불을 붙입니다. 마침 황혼 녘 아래로 선로의 열차 두 대가 서로를 엇갈려 지나갑니다. 안에 타 있을 때는 꽤 빠르게 느껴지는데, 먼발치에서 내려다보면 그게 답답할 정도로 느릿느릿 지나갑니다. 순간 야트막하게 울컥하고 맙니다. 저걸 보면서 힘을 냈던 여러 날을 떠올리는 겁니다. 필요 이상 비관에 잠식되려 할 때, 이상하게 자꾸만 서글펐던 마음이 마침표 없이 구구절절 서사를 이어가려 할 때. 어둠 속에서 유유히 도심을 누비는 열차를 지켜보고 있으면 어딘가 마음이 안정됐더랍니다. 밤새 잠에 들지 못하던 날에는, 창 밖에서 들려오는 첫차의 소음이 전장 한 편에서 울려 퍼지기 시작하는 성탄절 캐럴처럼 신성했습니다. 두어 대의 열차가 내 곁을 지나가는 동안, 새벽 내내 경직된 턱관절이 차츰 이완됐던 겁니다. 그렇듯 여러 날 빚을 지다 보니, 지상 선로를 달리는 열차의 행렬을 내려다보는 건 내게 무척이나 가슴 시린 순간이 되었습니다. 앞으로 다시 볼 일 없는 장면이라고 생각하자니 마치 인생의 에피소드 한 편이 막을 내리는 기분이 들어 다소 감정적인 상태가 되었습니다.

　　그러고 보면 이곳에 처음 왔던 2년 전만 해도 담배 같은 거 하루 이틀쯤 피우지 않아도 그만이었습니다. 허나 이제는 반나절

참기도 대단히 고역입니다. 단 2년 사이에도 사람은 무척이나 여러 방면으로 변해 버립니다. 실감에 따르자면, 살면서 피운 담배의 전체 중 6할 5푼쯤은 이곳에서 태웠지 싶습니다. 흡연량이 작업량을 아득히 웃도는 건 아닐까 의심이 듭니다. 그렇다면 할 일은 게을리하고 수명과 월세, 그리고 시간만 축낸 꼴입니다. 하지만 담배라도 피우지 않았다면 뛰어내렸을지도 모르는 날이 몇 번이나 있었으니 어쩌면 오히려 수명을 벌은 셈인지도 모르겠습니다.

마무리 정리를 하러 가기에 앞서 나는 옥상에 조금 더 머물렀습니다. 그다지 멀지 않은 동네로 옮겨가는 마당에 유난이지만, 황혼이 모두 질 때까지 이대로 바람을 맞으며 주변의 풍경을 가슴속에 새겨 두고 싶었던 겁니다. 나라는 인간은 누군가 혹은 어딘가를 떠날 때 좀처럼 초연한 법이 없긴 합니다. 소소한 작별식이라도 자행하지 않으면 어김없이 침울해지고 맙니다. 서울의 황혼 녘, 그리고 초여름의 실바람 속에서 난간에 턱을 괴자 저 아래서 나들이를 마치고 어딘가로 향하는 이들의 격양된 웃음소리가 희미하게 들려왔습니다. 이곳에서 지하철 선로를 등지고 서면 높이 솟은 성수 아크로와 갤러리아 포레가 보입니다. 서울서 이름 날리는 고급 아파트들입니다. 때때로 담배를 피우며 두 아파트의 펜트하우스를 올려다보면 내가 애써 가며 짓고 있는 문장들과 저 고급 아파트 사이에 놓인 아득한 괴리를 느끼곤 합니다. 연장선을 제아무리 길게 그려 보아도 도무지 가닿지를 않습니다. 두 동의 아파트는 노쇠

한 변방의 까마귀 한 쌍처럼 나를 똑바로 내려다볼 뿐입니다. 흑백 필름 서른여섯 번째 프레임에 그들을 가둬 봤지만, 도무지 그것의 어떤 작은 부분도 내 것이 됐다는 실감은 들지 않습니다.

잠자코 세어 보니 서울이라는 도시에 뉘엿뉘엿 적응해 나간 지도 얼추 10년이 되어 가고 있습니다. 옛말을 따르자면 강산이 변한다 했던 그 10년입니다. 세월이 그럭저럭 흘러가는 동안 서울에 관한 나의 개인적인 인상의 실체는 조금씩 뚜렷해져 갔습니다. 그 안에는 사사로운 호불호 따위가 존재하고, 그에 동반하는 나름의 애정 어린 논리와 불만도 하나 둘 자라났습니다. 한데 계속해 적으려고 보니, 조금 징그러운 기분이 들고 맙니다. 10년 전 처음 홀몸으로 서울을 오가던 때의 나는 골목길에서 담배 피우는 형들이 못내 무서웠던 동네 뜨내기였으니 말입니다.

당시 '코리아 유스 발레단'이라는 단체에서 창립 단원을 모집한다는 소식이 주변에서 들려왔습니다. 내 쪽에서는 전혀 관심이 없었지만, 무용 학원에서 은밀히 지원서를 접수했고, 그렇게 얼떨결에 치른 오디션에서 덜컥 합격했습니다. 홀로 서울을 오가는 일은 그때부터 시작됐습니다. 매 주말 한 대학교 연습실에서 단원 모두가 모여 단체 클래스를 한 뒤, 공연 리허설을 했습니다. 그맘때 나는 간절하게 평일이 며칠 더 늘어났으면 좋겠다고 생각할 정도로 힘겨워했습니다. 아무것도 모르는 놈이 바짝 얼어붙어서는 태연한 척 서울의 빌딩 숲 사이를 거닐던 겁니다. 진작 망해 버렸는지 어쩐지 알아볼 마음조차 들지 않는 걸로 보아, 발레단 생활에 위축이 됐던 건 아니지 싶습니다. 애초에 잘해 볼 마음이 전혀 없었던 데다, 적당히 요령을 피우다 잘려 버릴 계획이었으니 말입니다. 다만, 그때까지는 길을 잃어도 혼자 힘으로 찾아와야 했고, 수상한 사람이 말을 걸어와도 제 한 몸 스스로 지켜 내야 했습니다. 끼니를 때울 메뉴는 물론, 낯선 사람들 앞에서 어떤 표정으로 어떤 말을 할지 또한 오로지 저 스스로 결정해야 했습니다. 핸드폰이라도 잃어버리는 날에는 정말이지 그대로 인생이 끝장나는 줄 알았습니다. 특정 지을 만한 어려움을 겪었던 건 아니지만, 단지 일상의 배경이 낯선 도시로 바뀌었다는 이유만으로 도무지 손쓸 수 없는 무력감을 느껴야 했습니다. 이 도시는 나를 알지 못한다. 나 또한 이 도시를 모른다. 이 도시는 나를 기다려 주지 않는다. 이곳은 내게 신경 쓸 겨를이 없다, 하는 실감이 감당하기 어려울 만큼의 고독을 야기했습니다. 그리고 그것은 본질의 근간을 뒤흔들 만큼 커다란 우울감을 동반했습니다. 요컨대 준비되지 않은 상태로 커다란 세상에 덩그러니 놓여 버린 것이었습니다. 앞으로 이런 세상에 적응해 나가야 한다는 사실이 공포스러웠습니다. 어린 날의 내게 서울의 화려한 초상은 어느 정도 보탬이 되기도 했겠지만, 얼추 어른의 구색을 갖춘 오늘의 나조차 여전히 일상적인 긴장감을 갖고 살아가는 데에는 그때처럼 요령 없이 맞이한 낯선 국면이 트라우마를 남긴 게 아닐지, 싶습니다.

예술 고등학교와 대학을 서울로 다녔고, 데이트나 나들이, 하다못해 일조차 줄곧 서울에서 해 왔습니다. 하지만 나는 여전히 이 도시로부터 완성된 결속감이나 소속감 같은 걸 느끼지 못합니다. 말하자면 굴러들어 온 돌까지는 아니어도, 친척 집에 신세를 지는 것 같은 인상입니다. 평소에는 마치 제집인 양 행동하고 생각하지만, 때때로 알게 모르게 외부인의 시각으로써 세상을 바라보고 있음을 불현듯 실감하게 되는 겁니다. 그러한 괴리감이 좀처럼 부드럽게 허물어지지를 않습니다. 그것이 소외감이라는 종류의 감각으로 굳어져 가는 동안에도 말입니다.

코로나의 여파로 명동은 유령 도시로 전락해 버렸습니다. 그런대로 고즈넉해 숨통이 트였던 익선동은 어느새 홍대 바닥보다 짜증스러운 곳이 되어 버렸고, 돈 자랑 곁들인 새벽 유흥에 최적화되어가던 압구정 로데오에는 제법 산뜻한 볕이 돌아왔습니다. 마이너 예술의 색이 짙던 을지로는 몇 해 사이 대체 불가의 힙지로가 되었고, 그대로 입지를 굳히나 했던 서울숲 부근에는 부쩍 문을 닫는 가게들이 늘어가고 있습니다. 강남 데이트는 내기에 거는 벌칙이 되어 버렸고, 한강의 낭만은 일찍이 빛이 바래 재기 불능 상태가 되어 버렸습니다. 한 도시 안에서 이리도 번잡한 흥망성쇠가 반복되고 있습니다. 언젠가 서울의 별명을 짓는 공모가 열린다면, 나는 '초고속의 요새'라고 적고 싶습니다. 도시 전반을 감도는 과열된 속도감이 뚜렷한 인상으로써 내 안에 있습니다. 과장을 조금 보태 노인과 노숙자 말고는 당최 안 바쁜 사람이 없으니 말입니다. 모두가 최대 속도를 끌어내기 위해 무리하고 있습니다. 그리고 그 '무리'라는 것이 미덕으로 여겨지는 도시입니다. 초등학교 저학년도 여섯 살 동생 보고 좋을 때다, 하고 쓴웃음을 지어 보입니다. 무엇이 우리를 그토록 하나부터 열까지 서두르게끔 하는 건지 나는 모르겠습니다.

물론 서울을 휩쓸고 있는 속도감에 대한 원흉을 비단 사회 메커니즘의 구조적인 결함에만 국한하여 바라보는 건 아닙니다. 체제나 사상이 종용했던 바가 결정적인 흐름을 만들어 냈겠지만, 결국은 내가 미처 꿰뚫어 보지 못하는 구성원들 개개인의 사소한 결핍이 이렇듯 어긋난 시류를 이루었다고 생각합니다. 나름의 추론에 불과한 얘기지만, 초고속을 지향하는 사회 전반의 흐름을 부추긴 데에는 구성원 스스로의 책임이 막중한 것입니다. 선배, 후배, 동료, 심지어 사촌지간과 고향 친구들끼리도 서로의 성과와 결핍을 관음하며, 실체 없는 경주에 삶을 허비하곤 합니다. 대개 모두가 그 경주를 최대 속도로 임합니다. 그들이 인터넷 나부랭이에 나도는 사소한 가십거리를 안주 삼아 가며 앞으로 내달리는 동안, 그 실체 없는 경주의 규모는 점점 더 커져 가고 있습니다. 그 과정에서 희생당해 온 미적인 가치는 비명을 내지릅니다. 하지만 그들 귀에는 들리지 않습니다. 눈앞에 당근을 매단 당나귀는 앞만 보고 발을 구르기 때문입니다. 제 비명조차 못 듣는 이들이 다른 소리를 들을 리 없습니다. 그런데 그들이 달리는 레일 끝에는 무엇이 기다리고 있는 걸까요. 그들의 최대속도는 당최 무엇을 위한 것이냐는 말입니다. 그들은 알지 못합니다. 알려고 하지 않습니다. 현대 도시인들의 어긋난 집단주의는 목적 상실의 역병이라는 것을. 인간 본성의 괴사 그 자체일지도 모른다는 것을.

이런 얘기에 열을 올리는 입장이니, 이 도시와 사회가 나를 온전한 구성원으로 받아들여 줄지 조금도 확신할 수 없습니다. 사실상 도시는 구성원의 소속 여부를 스스로 결정지을 수 있는 의사가 없습니다. 즉, 나 자신, 이러한 세계의 구성원으로서 똑바로 살아갈 자신이 없다고 말하는 쪽이 사실에 가까울 터입니다. 이곳에는 안정적인 정서가 결여되어 있습니다. 모든 것이 적확히 분류되어 있다고나 할까요. 요컨대 목덜미까지 강철로 덮은 갑옷과 같은 인상입니다. 관절이 자유로울 리 없습니다.

반면에 세계의 몇몇 도시는 이방인들의 역사가 새로운 이방인을 끌어들이는 특수한 엔지니어링에 의해 굴러가고 있습니다. 그러한 경우에는 도시 구성원 사이에도 적당한 구멍이 존재합니다. 어쩌다 한 번쯤은 끼어들어도 좋다며 앞차와의 거리를 넉넉히 유지하는 미덕이 존재한다는 겁니다. 그곳에는 이웃에게 집 열쇠를 맡길 수 있을 만큼의 맹목적인 결속력은 없지만, 정립되지 않은 너스레와 넉넉한 허점, 그리고 최소한의 위트와 생명력이 서려 있습니다.

이곳 서울은 그 기질이 닮은 듯 다릅니다. 닮은 점으로는 좀처럼 찰싹 달라붙지 않는 무언가가 물씬 감돈다는 것. 그리고 불공평의 자기장이 멋대로 벌려 놓는 양 끝단의 격차를 전혀 수습하지 못하고 있다는 것. 그러나 그러한 특성이 고유의 생명력으로 이어지지 않는다는 점에서 확연한 차이점을 갖습니다. 구성원 다수가 촘촘하고 구멍 없는 시스템에 스스로를 위치시키기 위해 값진 생애를 유감없이 바치고 싶어 합니다. 하등 재미없는 생애입니다. 멋이라고는 없습니다. 재미없는 도시에 재미를 모르는 사람들이 재미없게, 하지만 죽을힘을 다해 살아간다는 인상뿐입니다. 물론 그런 곳에 쾌락이 소용돌이칠 리 없습니다. 날조한 행복을 SNS에 전시하며 행복을 흉내 내는 것으로 만족하는 수밖에 없습니다. 실체가 있든 없든, 남에게 보일 수만 있다면 그것이 진짜인 줄로만 믿고 살아가는 겁니다. 이미 겉으로 드러난 문제가 적지 않음에도 이 도시가 계속해 최대 속력을 요구한다면, 그에 따르는 부작용은 계속해 곪아 가는 수밖에 없습니다.

그러나 이 도시에도 내가 미처 알지 못하는 구석 한편에서는 꽤나 화끈한 일이 일어나는 모양입니다. 수다를 떨던 와중에 별안간 몸에 문신을 새기기로 결정하고, 그 자리에서 곧장 피부에 바늘을 쑤시는 일이며, 이제 막 서로를 알게 된 남녀가 침을 섞고, 성급히 몸을 포개는 식의 일들 말입니다. 마침 며칠 전인가 애인과 이런 얘기를 나눈 적이 있습니다. 서울에서도 유럽처럼 길에서 키스 정도는 할 수 있었으면 좋겠어, 하는. 샘솟는 애정에 깍지를 끼고 연신 고개를 끄덕였지만, 그동안 나는 길에서 애정 행각을 펼치는 남녀의 뒷모습을 얼마나 찡그린 얼굴로 비난했던가요.

일전에 공연차 시칠리아에 방문했을 때, 호텔에서 극장으로 향하던 골목에서 키스하는 남녀를 지나치다 나도 모르게 눈길이 오래 머물러 그들에게 굉장한 분노를 산 경험이 있습니다. 그들은 내가 코너를 돌아 시야에서 사라지고 나서도 고래고래 소리를 질렀는데, 서울과는 상황이 영 딴판이라 적잖이 당황한 기억이 납니다. 여기서는 당최 왜 길바닥에서 난리냐고 따져 물어도 어지간해서는 내 쪽에 곤란한 상황은 일어나지 않는 것입니다. 이를 통해 나 자신, 동요하고 지향하는 바와는 관계없이 살아가고 있음이 일부분 명료하게 드러나고 맙니다. 생명력이 결여된 채로 굳어진 현상과 시류에 막연한 거부감을 느끼지만, 속절없이 나고 자란 제 동네에 상당 부분 동화되어 있는 겁니다. 그러니 때때로 이중자아적인 제 모습을 맞닥뜨립니다. 길에서 혀를 빠는 생판 초면의 커플 한 쌍이라도 그 배경이 되는 도시에 따라 입장이 천지 차이로 달라지니, 매사 긴장감을 떨칠 수 없거니와 일상 속에서 느끼는 소외감은 그다지 엉뚱한 것 같지도 않습니다.

길에서 아무렇지 않게 서로의 혀를 빨 수 있는 곳이야말로 생명력이 넘치는 도시라 말하려는 건 아닙니다. 다만, 소속에 종속되어 본능을 거스르는 것이 자연스러운 행태이며, 어느 정도 그러한 현상을 종용하는 도시에서는 젊은이들의 필사적인 속도감조차 생명력으로 귀결될 수 없다는 얘기를 하고 있습니다.

　내가 이 도시로부터 소외감을 느낄 만큼, 또 온전한 구성원의 일부로 함께할 자신이 없을 만큼, 내가 사는 세상의 다수는 서두르는 이들입니다. 그러니 시류에 올라타지 못하고 있는 나와 같은 이들은 소수인 것입니다. 그럼에도 나는 하등 주눅 들지 않고서 내 삶을 사랑한다며 자신할 수 있습니다. 충만한 하루하루에 집중하려 애쓰고 있다는 점에서 자그마한 의심조차 하지 않는 겁니다. 적어도 모두가 혈안이 된 그 부질없는 경주에 삶을 허비하지 않으려고 합니다. 뒤처졌다, 앞섰다, 추월했다 같은 상대적인 속도감은 지난 어느 날에 버려두고 왔습니다. 내가 좇고 있는 이상향은 나 자신 원하는 모양대로, 이끌리는 모습대로, 충만함을 꽃피우겠다는 의지뿐입니다.

　만에 하나 먼 훗날 젊을 적의 내가 틀린 길을 걸어왔음을 받아들여야만 한다 해도 역시 내겐 후회의 여지가 없습니다. 젊은 날을 젊은 날답게 보냈다는 사실에 언제까지고 낭만을 노래할 수 있을 테니. 이런 얘기를 기를 써가며 하는 이유는 필자와 함께 이 오염된 시류에서 벗어나 고유의 속도감을 묵묵히 찾아 나설 동료를 늘려 가고 싶은 욕망 때문입니다. 자신을 둘러싼 세계의 흐름이 어떻든 최적의 고유 속도를 스스로 탐구하는 이들. 나는 언제나 그들이 진정으로 멋지다고 생각합니다. 스피드와 생명력이 별개라면, 이 도시에서 우리는 조급할 이유가 전혀 없는 것입니다. 모쪼록 속도감으로부터 해방되어 자신의 아름다움을 좇는 이들의 건투를 빕니다.

속초

필자의 이런저런 취향은 대체로 '이국적 무드'를 좇아 편성과 재편성을 반복하고 있다. 의도적으로 나쁘게만 말한다면 이른바 '문화 사대주의'에 속하는 성향을 지닌 것이다. 예컨대 자기 모습이나 주변을 가꿀 때, 또는 영화나 책을 고를 때, 혹은 동경하는 인물을 꼽을 때 그러한 성향은 특히 도드라지는데, 일례로는 머리가 좀 크고 나서부터는 어쩌다 휴가를 떠날 틈이 생겨도 비행기 타고 떠날 형편이 아니라면 집에나 있자, 하는 식으로 단념하기 일쑤였다. 별 볼 일 없는 주제에 기분은 무지하게 내는 거다. 미처 몰랐던 때이다. 지금 당장이라도 떠날 수 있는 곳을 한 군데쯤 마음에 지닌 채로 살아간다는 게 어떤 의미인지.

곰곰이 세어 보니, 지난 3년 간 내가 속초로 떠났던 건 얼추 열두 번쯤이다. 일정한 주기를 두고 왕래한 건 아니지만, 어림잡아 계절이 변할 때마다 빼먹지 않고 한 번씩은 다녀온 셈이다. 그게 보통에 비해 많은 편인지, 어쩐지는 나로선 짐작하기 어렵다. 속초에 한 번도 가본 적 없다고 말하는 사람을 종종 만나기도 하지만, 서핑에 재미를 붙인 친구 한 명은 계절 불문, 파도 좀 친다는 날이면 시도 때도 없이 그곳을 찾는 것 같으니까. 여하간, 나로서는 속초에 열두 번 다녀올 동안 부산이나 울산 같은 다른 지역은 찾지 않았으니, 마치 강원도 바닥에 깨나 통달했다는 듯이 말하게 된다.

어째서 속초인가, 하고 묻는다면 얘깃거리가 궁하다. 진짜 기가 막히게 잘하는 맛집을 꿰고 있는 것도 아니고, 나만 아는 프라이빗 비치를 숨겨 둔 것도 아니다. 캠코더 한 대와 시나리오 콘티 한 장을 덜렁 들고 단편 영화를 찍겠다고 떠난 때에도, 너랑 오늘 꼭 바다를 봐야겠다고 성을 내던 사람과 버스에 올라탄 때에도, 머리가 어떻게 될 것 같으니 제발 같이 떠나 달라며 친구에게 전화를 건 때에도, 그곳이 꼭 속초여야만 하는 이유 따위는 한 가지도 없었다. 그저 어쩌다 한 번의 초행길이 그대로 각인되어 버렸을 뿐이다. 한 번 다녀왔더니 만만한 게 속초였고, 만만해서 찾은 게 서너 번이 되고 나니, 때가 됐다 싶을 즘이면 어김없이 속초에 다녀올까, 하게 되었다. 내겐 이따금씩 그런 식의 일이 생겨난다. 얼떨결에 기운 마음이 도저히 걷잡을 수 없어진다거나, 무턱대고 경험해 버린 하나가 알게 모르게 거듭되어 둘, 셋, 계속해 그 수를 늘려 나가는 일.

속초를 년도와 계절로 짝지어 떠올리면, 각각 다른 장면들이 떠오른다. 들를 때마다 기억에 남는 장면을 하나 이상씩은 새로 갖고 돌아온다는 거다. 때때로 떠올리는 그 장면들 속에는 어김없이 동행자들의 얼굴과 제각각의 보폭, 말투, 호흡 같은 것들이 함께한다. 그들은 어쩌다 나와 속초에 다녀오게 된 걸까. 혹은 나는 어째서 그들과 속초에 다녀왔던 걸까. 함께하지 못한 이들에게는 다양한 사정이 있다. 군대에 가 버려서, 종강이 늦춰져서, 우리가 충분히 친밀하지 못해서, 더 이상 우리가 연인이 아니라서, 아르바이트가 바빠서, 월차를 나와의 여행에 쓰면 여자 친구가 섭섭해해서, 등의 이유들. 반면 우리가 함께 속초에 다녀온 데에는 한 가지 이유밖에는 없지 싶다. 속초에 다녀오자, 하는 얘기는 거의 언제나 내 입에서 흘러나온 말이었기에. 우리가 함께 몇 번인가 고속버스에 올라탔던 동기는 하필이면 서로가 서로에게 소중한 존재라서, 단지 그뿐이었다.

이따금 유럽 같은 먼 곳으로 떠나 있을 때면, 옆에 앉아 있는 동행자의 얼굴이 느닷없이도 낯설게 느껴지던 순간이 있다. 하루 세 끼를 마주 앉아 먹고, 비좁은 호스텔의 2층 침대를 며칠씩이나 나눠 쓰면서도, 때때로 어리둥절해지고 마는 거다. 하지만 역시 우리들은 멋진 시간을 보낸다. 공항에 들어서는 바로 그 순간부터 스며드는 비행의 마력이 우리가 보고 듣는 모든 것에 얼마간 화려함을 보태곤 하니까. 때문에 해외여행을 함께할 동행자를 고르는 일은 비교적 수월하다. 내겐 넉넉한 노잣돈이 있고, 너에겐 유창한 영어 실력이 있을 수 있다. 기다려 온 축구 경기나 전시, 혹은 콘서트가 겹칠 수도 있다. 단순히 우연스레 여행 일정이 겹치는 바람에 덜컥 짝이 되기도 한다. 그렇게 함께하게 된 '우리'에게는 이야기 나눌 거리가 충분하지 않아도 괜찮다. 훌쩍 떠난 그곳에는 새로운 얘깃거리가 끊이질 않을 테니까. 입맛이, 취향이 조금쯤은 엇갈려도 좋다. 어차피 거기엔 피차 새로운 게 넘쳐날 테니까. 그러니까, 해외여행은 아무래도 목적의 성립 조건 자체가 '그곳이어야만 한다.'에 치중된 것이다. 반면 앞서 말했듯이 속초의 경우에는 그곳이어야만 하는 이유 따위가 한 가지도 없다. 단지 '지금이어야 한다.', '우리여야만 한다.', 같은 게 제 힘을 발휘하는 거다. '그곳'을 웃도는 '지금'과 '우리'. 좀 다정한 일인가?

'우리'에겐 아직 천진난만한 구석이 넉넉히 남아 있어서, 캠코더 한 대로 영화를 만들어 보자는 제안에 덜컥 들떠 버린다. 그렇게 각자의 역할을 다해 준비를 마치고, 훌쩍 떠나 몇 분 남짓의 영화를 완성하는 거다. 오직 오기만으로 서너 시간쯤 대차게 걷는다. 칼바람을 맞아 가며. 별안간 길에 자빠져 팔꿈치에서 피가 흐르는 친구를 그다지 진심으로 걱정하지 않는다. 술과 트럼프 카드만으로 사흘 밤이 거뜬하다. 게임에서 진 놈은 조그만 머그잔을 들고서 매몰찬 칼바람을 뚫고 바닷가까지 나가 바닷물을 떠오는 거다. 그놈이 돌아오면, 그게 어디 정말 바닷물을 떠온 건지 손가락 찍어 맛을 보고는 울상을 짓는다. 서울로 돌아가는 버스비를 걸고 카드를 돌렸다가 한 살 어린 동생들 앞에서 무릎을 꿇고 빌어보는 거다. 무서운 얘기가 싫다며 가운데로 파고드는 애를 앉혀 두고서 몇 시간이고 기괴한 이야기를 늘어놓는 거다. 안 그렇게, 한 마디 면 끝날 논쟁을 수십 분이고 이어가는 거다. 조금만 조용히 해 달라고 찾아온 옆집 이웃과 5분 뒤에는 맞담배를 피우며 서로의 새해 복을 빌어 주는 거다. 한 해의 목표를 적은 종이를 들고 시커먼 바닷가로 뛰쳐나가 한 명씩 낭독하는 거다. 그런 뒤에 모래사장에 태워 묻으며 서로의 어깨를 다독여 보는 거다. 할 수 있다고 나직이 속삭이는 거다. 밀려오는 파도를 바라보며 주먹을 꽉 쥐어 보는 거다. 소리를 악, 질러보는 거다. 한겨울, 미친 척 밤바다로 뛰어드는 거다. 해변에 발화하는 불꽃으로 생일 선물을 대신하는 거다. 기억 속 그곳에는 그곳이어야만 했던 이유가 없다. 그들과 내가, 그때여야만 했을 뿐이다.

멋, 사랑, 평화

주어진 주제로 에세이를 한 편 써 낭독할 일이 생겼다. 타인이 정해 주는 주제에 관하여 글을 쓰는 건 처음 하는 일이었는데, 그간 막연히도 누가 대신 주제를 정해 주면 술술 잘 쓸 수 있을 거라고 생각해 왔다. 때로는 이야기의 주제를 정하는 것이 문장을 짓는 일 이상으로 고역이기 때문이다. 그런데 막상 정작 그런 상황에 놓이고 보니 일단 편하다는 실감은 전혀 없었다. 무엇이든 간에 실체를 겪어 보기도 전에 건방을 떨면 결국 우스운 꼴이 되고 마는 거다. 언젠가 잡지사 같은 곳에서 월급을 받아 가며 글을 쓰려면 이런 일에도 미리 익숙해져야겠다는 생각이 든다. 왠지 진짜 잘할 수 있을 것 같은데, 이 또한 역시 겪어 봐야 알 일이다.

제시된 주제는 '나의 인생을 지탱하는 가치에 관하여'였다. 눈앞에 떠오르는 얘깃거리는 적지 않은데, 좀처럼 손에 잡히는 게 아무것도 없었다. 주제가 다소 추상적인 탓이었다. 우선, 인생을 지탱하는 가치에 관하여 무언가를 적기 위해서는 가치라는 말이

갖는 의미에 관하여 똑똑히 짚고 넘어가야 할 필요가 있다고 생각
했다. 여러 번이나 하는 얘기지만, 누가 뭐래도 도무지 인생이라는
것은 알 수가 없는 것이기에. 정확히 말하면 삶에는 단정 지을 수
있는 게 한 가지도 없다. 인생이란 예측할 수 없는 원인과 결과의
무한한 연속이기에 삶의 변수를 미리 읽을 수 있다는 태도는 온 우
주의 유기성을 부정한다는 얘기와도 같다. 그런 불투명한 사안에
관하여 별다른 대책도 없이 적다 보면 필시 길을 잃을 거라는 예감
이 들었다. 얘기를 올바른 방향으로 이끌기 위해서는 요점에 신경
을 기울여야 했다.

가치는 인간의 지적, 감정적, 의지적인 욕구를 만족시킬 수
있는 대상이나 그 대상의 성질을 의미한다. 어려운 말은 덜어내고,
쉽게 말해 가치란 나를 만족시키는 '무엇'인 것이다. 그렇다면 이
에세이의 주제는 이토록 불투명한 속성의 인생 속에서 '나'를 만족
스럽게, 굳건히 서 있게 만드는 그 '무엇'에 관한 얘기였다.

주제에 관하여 나름의 정의를 내린 뒤에는 불확실한 인생
을 나면서 스스로가 제법 단단하게 느껴졌던 순간들을 떠올려 봤
다. 그리고 나는 그 순간들을 한 갈래로 매듭지을 몇 단어들을 떠
올렸다.

지금부터 호기롭게 운을 띄워 보자면, 첫째는 '멋'이다. 스
스로가 좀 멋져 보일 때면 마치 커다랗고 튼튼한 크루저에 올라탄

것만 같은 기분이다. 그곳이라면 삶에 풍파가 일고, 파도가 밀려와도 보사노바 재즈 연주를 들으며 '야호-' 하고 샴페인을 터트릴 수 있다. 배가 항로를 한참이나 벗어난들 결코 가라앉지 않을 거라는 자신이 넘치는 거다.

누군가가 지닌 멋의 총량은 자연히 그 사람의 자신감과 연결된다. 때로는 멋이라고는 없어 보이는 사람이 자신감이 넘치는 경우도 있는데, 그는 그 자체로 멋있는 사람이다. 반대의 경우로 얼핏 멋져 보이지만, 자신감이 없는 사람은 사실 본질적으로는 멋이 없는 사람에 가깝지 싶다. 그런데 그 멋이란 결국 절반 이상은 날 때부터 타고나는 게 아닐까, 생각하곤 한다. 그러한 사실을 온몸으로 증명해 주는 두 종류의 인간을 종종 맞닥뜨리는 거다. 한쪽은 뭘 해도 철저히 멋이 없고, 다른 한쪽은 뭘 해도 어느 수준 이상 멋이 난다. 잘난 체하는 것처럼 들릴 것만 같은데, 물론 나 또한 그 두 부류 사이의 어느 지점에 있을 테다. 세상에 같은 멋은 없다는 관점에서 보자면, 엄밀히 내가 바라보는 세상은 나보다 멋진 사람, 또 나보다 멋없는 사람으로 철저히 분류되어 이루어져 있는 셈이다.

나는 때때로 멋의 유무를 결정짓는 작용 원리에 관하여 곰곰이 생각하곤 한다. 앞서 타고나는 부분이라 칭한 절반 이외에 대해서 말이다. 지인 중에 옷 사 입는 일에 돈과 시간을 많이 쓰고, 무엇보다 주변에 패셔너블한 인상을 풍기고자 하는 의지가 무척

강한 인물이 한 명 있다. 그는 결정적인 무언가의 결여로 인해 언제나 들인 노력에 비해 초라한 평판을 받고 만다. 물론 남들 평판이 어떻든 신경 쓰지 않고 옷 입는 일 자체를 즐긴다면 역시 멋진 일이다. 하지만 언제나 남에게 칭찬을 듣기 위해 조급해하는 그는 드넓은 옷의 세계 속에서 완전히 길을 잃은 것처럼 보인다. 자기 개성을 찾아 발전시켜 나갈 생각은 하지 못하는 채로 애써 으스대며 서 있는 그를 볼 때면 자기 자신조차 스스로의 멋을 전혀 실감하지 못한다는 걸 단번에 알 수 있다. 그에게는 미안한 일이지만, 나는 그를 꽤 오래 지켜봐 오면서 한 가지 힌트를 얻었다. 조급하게 남을 흉내 내려고 해서야 영영 자신의 것을 찾을 수 없다고. 단순히 패션 감각이 문제인 게 아니라 접근 방식이 문제 되는 것이다. 유행하는 옷을 모두 가졌다 해서 주변의 동경을 살 리 없다. 그것만으로는 '멋'을 살 수 없다는 얘기다. 단지 옷에 관하여 한정 지을 얘기가 아니다. 요컨대 성격, 취향, 사상 등 무엇이라도 그것을 자기 것으로 흡수하는 이들만이 멋을 쟁취하는 게 아닐까. 애초에 그릇이 되지 않으면 멋진 체할 자격조차 없다는 얘기가 아니다. 누가 뭐래도 마음껏 자기 멋에 도취되어 살아가는 쪽이 유행하는 '멋'보다 수십 배 우아하다는 얘기를 하고 있다.

  둘째. 멋을 튼튼한 배에 비유했다면, '사랑'은 함께 배에 올라탄 동행자다. 상상해 보자. 망망대해를 떠도는 커다랗고 호화스러운 배에 올라타 기약 없는 항해를 떠났다고. 멋이라는 것도 결국 시류 속에 빛을 잃는 경우가 허다하다. 그러니 배는 언제 가라 앉을지 모른다. 그런데 설상가상으로 그토록 불완전한 항해를 덜 렁 혼자서 버텨내야 한다면 과연 어떨까. 공포니 외로움이니 미치 지 않고서 버티기 어려울 것이다. 하지만, 사랑하는 이들과 함께라 면, 선상에 갖춰진 온갖 유흥과 자연이 선사하는 광경을 한없이 만 끽할 수 있다. 힘을 모아 배가 고장 나지 않도록, 즉 서로가 각자의 멋을 잃지 않도록 도울 수도 있을 거다. 그런 경우에는 어쩌면 그 불확실한 항해가 영영 끝나지 않길 바랄 수도 있지 않을까. 정말 그렇다. 사랑에 빠진 사람은 그것이 영영 끝나지 않기를 바란다. 혹자는 정말로 그렇게 믿어 버리는 경우도 있다. 어디까지나 행운 이 따르는 경우의 얘기지만, 우리들은 살면서 적어도 한 번쯤은 정 말이지 강렬한 사랑을 맞닥뜨린다. 그때는 온몸의 감각이 멀어버 리고, 삶의 불확실성 같은 건 대수롭지도 않게 느껴진다. 그 불안 한 여정을 꼭 붙어 함께 헤쳐나갈 수 있다는 사실에 가슴마저 설레 고 마는 것이다.

셋째는 '평화'다. 세계의 평화가 중요한 건 물론이지만, 그 보다는 개개인의 몸과 마음의 평화를 얘기하고 있다. 항해에 있어 좋은 배, 좋은 동행자를 얻었다면 필시 다음에 바랄 건 좋은 날씨 이다. 평화가 어긋나면 멋도, 사랑도 휘청거릴 수밖에 없다. 그러 면 그때까지 자신을 지탱해 온 가치들은 단번에 견고함을 잃어버 린다. 내가 마음의 병에 허덕이던 때만 해도, 도무지 자기가 멋져 보인다는 생각 같은 건 꿈에서도 하질 못했고, 사랑하는 사람들에게 수도 없이 상처를 주었더랬다. 그러한 전개는 금이 간 평화에 연이어 타격을 가하는 꼴이 되어 상황을 걷잡을 수 없이 악화시킨다. 하지만 결국 평화의 존재 조건은 '멋'과 '사랑'에 있다. 멋을 통해 자신의 주체성과 성취를 다지고, 사랑을 통해 안정과 생기를 얻는다. 그 둘은 우리들로 하여금 평화를 야기하고, 평화는 그 둘을 보호하는 결계가 되어주는 거다.

요즘의 나는 멋, 사랑, 평화가 서로를 보완할 수 있도록 신경을 기울이고 있다. 덕분에 어느 한 쪽의 상황이 나빠지더라도, 결코 무너질 생각은 하지 않는다. 키를 붙들고 꿋꿋이 균형을 찾아나서면 다시 중심이 설 거라고 믿는 거다. 요새는 사랑 파트에서 속을 좀 썩인다. 그렇다면 역시 멋과 평화가 애를 좀 써야 하는 시점이다.

하고, 나는 낭독을 마쳤다. 진지하게 읽었던 만큼 현장에서는 꽤 푸짐한 찬사를 들었다.

블루진

옷 사 입는 재미를 잊은 채로 몇 계절을 났다. 폼이 살아야 어디 가서 말도 잘하고, 눈도 잘 마주치는 나로서는 옷차림에 영 무관심한 제 모습이 생소하기도 했다. 언제라고 딱히 패셔너블하다는 평판을 들어온 것도 아니다. 그러나 역시 내겐 선호하는 취향이라는 게 있다. 동경하는 스타일도 있다. 옷 입는 일에 정답이 어디 있겠냐만, 나름대로의 시행착오를 겪어 온 결과, 지금의 '최대공약수'와 같은 스타일을 성립하게 된 것이다. 어울릴 법한 옷을 골라 입을 수 있다는 것, 그를 통해 자신을 표현하고 내비칠 수 있다는 것은 오래된 즐거움이었다. 한데, 그 즐거움을 까무룩 잊고 지낸 거다. 와중에는 그런 스스로가 좀 괜찮아 보인다고 느낀 때도 있었다. 이런 식으로 알게 모르게 철이 드는 건가, 하고 생각했던 거다. 그런데 말끔한 옷 한 벌 새로 장만했을 돈이 수중에 남아있는 것도 아니니까, 도대체 뭔데 싶다.

옷가지가 신분과 권위를 나타내던 시대는 지나갔지만, 옷

차림이 한 사람의 인상에 기여하는 바는 여전히 적지 않다. 목소리의 톤, 어투, 고르는 단어 따위가 사상의 수준이나 성향 같은 걸 대신 보여 주듯이, 옷차림 또한 어떠한 설명력을 지니는 것이다. 옷은 착용자의 미적 감각을 중심으로 상황과 장소, 또 때에 따른 디테일을 통해 일종의 언어와 같은 기능을 부여받는다. 모두가 와이셔츠에 타이를 매는 공간에서의 가죽 재킷이, 모두가 구두를 신는 무리에서의 새하얀 농구화가 그렇듯이 말이다. 예컨대 발목이 부어오를 만큼 타이트하게 수선한 교복 하의가 그걸 입은 학생에 대해 시사하는 바가 전혀 없다고는 누구도 말하지 못하리라. 그와 같은 설명력은 아이템끼리의 상호 호응, 그리고 유행을 반영한 정도, 혹은 유행을 반영하지 않은 정도와 같은 불분명한 정보를 통해 심화되는데, 헤어스타일, 걸음걸이, 제스처, 표정 같은 것들이 부가적인 힌트가 되어, 상대와 말을 섞어 보기 전에도 그 스스로가 자신을 어떤 식으로 드러내고 싶어 하는 인물인지 얼마간 파악할 수 있다.

나는 때때로 오로지 상대가 입은 청바지를 통해 그 사람에 대해서 예측해 보기를 즐긴다. 그건 필시 내가 평소 청바지를 통해 스스로에 대해 어렴풋이 드러내고 싶어 한다는 사실을 역설적으로 이야기하는 바이다. 틀림없다. 내가 노상 즐기는 투박한 청바지와 코가 까진 구두는 그 자체로 나의 절반 이상을 설명한다. 그 둘은 애초에 나라는 인물을 훌렁 드러내기 위해 그곳에 배치된 것이다. 누군가의 기억 속에 '언제나 청바지에 구두를 신던 스물 몇 살의 그 애'로 남기를 바라는 건데. 그런다고 뭔가 이득을 보는 건 아니다. 하지만 어쩐지 오늘의 나는 꼭 그런 모습으로 기억되는 게 이치에 맞다, 라는 지극히 무익한 욕망 같은 것이 내겐 있다.

청바지의 모양을 통해 유추할 수 있는 건, 비단 그 사람의 체형뿐만이 아니다. 누군가가 입고 있는 청바지는 그가 그날 하루에 부여한 입장과도 같다. 예를 들어 허리 뒤춤에 붙은 패치를 당당하게 드러낸 그 사람은 자신의 쭉 뻗은 다리를, 또는 올라붙은 엉덩이를 자랑스럽게 여기고 있다. 잘록한 허리가 정답이 될 수도 있다. 어쨌든 그는 자신의 매력을 유감없이 드러내도 좋은 하루를 보내고 있지 싶다. 얼핏 봐도 각이 빳빳하게 살아 있는 청바지를 입고 어기적거리며 길을 거닐고 있는 그 사람은 오늘 하루 신경 깨나 쓰일 예정이고, 폼이 넉넉하고 약간은 오염된 후줄근한 청바지는 목수의 것이기도, 서퍼의 것이기도, 미술학도의 것이기도, 작가의 것이기도 하다. 이도저도 아닌 청바지를 아무렇게나 입은 그 사람은 이도 저도 아닌 감각을 지녔거나, 이도 저도 아닌 하루를 이도 저도 아닌 기분으로 견뎌내고 있을 누군가일 가능성이 크다. 모쪼록 나 혼자서 하는 무익한 상상에 불과하지만, 어쩐지 자신에게 더할 나위 없이 잘 어울리는 청바지를 여러 벌이나 갖고 있는 사람에게는 신뢰가 간다.

동네에서 자주 모이는 친구 둘이 있다. 우리는 이따금 커피를 마시면서 한탄 비슷한 걸 하는데, 그 가운데 한 달에 한 번쯤은 꼭 언급되는 내용이 있다. 나는 요즘 옷 입는 거 정말 모르겠어, 하는 식의 얘기다. 심지어 한 명은 걸출한 에이전시 소속 모델이다. 뭘 입어도 남들 이상의 태가 난다는 얘기이다. 그럼에도 그 애는 여태 어떤 옷을 입을 것인가에 관한 자기 입장을 확실히 갖지 못했다. 다른 친구는 일본의 스타일을 좋아하지만, 그들의 스타일을 어디까지 모방하고, 어디서부터는 차별을 두어야 하는지 알 수가 없다고 한다. 그들은 앞서 말했던 최대 공약수로서의 스타일에 관하여 고민하고 있는 거다. 옷을 골라 입는 데 비교적 시간을 들이지 않게 된 나조차 그 애들의 고민을 듣고 있으면 함께 고개를 끄덕이곤 했다. 때때로 거울 앞에 서서 '어쩌다가 이런 꼴을⋯⋯.' 하고 생각하는 처지임에도 말이다. 유행에 뒤처지지 않는 것, 소비 욕구를 충족시키는 것 이외에 옷을 통해 무엇을 어떻게 추구할 것인가. 쉽사리 답을 내리기 어려운 문제인 만큼 고민할 가치가 있지 싶다.

내가 입는 옷은 나에 대하여 일러둔 대로 발음하는 조력자이다. 그러니 물에 물을 타듯이 아무렇지 않게 뒤바뀌는 유행과 그에 최적화된 시장에 의존한다면 약간의 손해를 보고 만다. 모쪼록 자신에 대해서 떠들 때에는 남들이 뭐라든 자신의 주장을 펼치는 쪽이 바람직하다. 그래야지 듣는 쪽도 흥미가 생기고, 자신으로서도 나중에 가서 후회하는 일이 없다. 별로 말을 많이 하고 싶지 않은 날에는 옷이라도 잘 골라 입으면 좋다. 그게 정말로 잘 골라 입었다면 그곳에서의 당신은 한마디 말없이도 당신에 대해 많은 것을 설명할 수 있다. 뭐가 됐든, 입고 싶은 옷 아무렇게나 입고, 쓰고 싶은 모자 아무 때나 쓰라는 얘기를 하고 있다. 갖가지 시행착오를 겪어 가며 최대 공약수를 찾아 나서라는 얘기이다. 나는 더 다양한 최대 공약수를 길에서 만나고 싶다. 자신에 관하여 즐겁게 얘기하는 이들로 가득한 소란한 도시에 살고 싶다. 나 자신 더욱 즐겁게 떠들고 다니기 위함이다.

거기서 한밤 자고 나면
내가 좋아지는 겁니까

♥

우리는 서로의 이름을 두 개씩 외워 살아갑니다.
언제나 연결되어 있음에도 진심에는 인색해 다소 가난한 성품입니다.

즐기는 일은 이런 것들입니다.
비대해진 관계의 외연 아래 두 발을 딛고 거꾸로 매달려 노래하기.
화성을 안배하지 않아 듣기 싫은 합창입니다.
얕은 곳에 잠겨 죽을 각오로 투신하기.
덮어놓고 분노할 일도, 웃어젖힐 일도 많아
좀처럼 심심할 틈은 없습니다.

혼자서도 혼자이지 못하는 역설,
둘이서도 둘이기 어려운 모순,
셋이고, 넷이고 온전한 때는 드물어
사색은 꺼립니다.

빛을 상실해 죽어 가는 별들은

오늘도 웃고 있습니다.

웃는 낯이 예쁘다지만,

빛나지 않는 빙그레는 부실한 주먹질만큼이나 처량할 건데 말입니다.

물렁한 투 스트레이트가 권위 없는 전적을 보살핍니다.

미소를 꼭 닮은 신음과 만족을 빙자한 결핍이

올곧게 새겨 넣은 음표가 되었습니다.

가라앉지도 떠오르지도 않는 불완전의 악상입니다.

귀 기울이는 관객은 없습니다.

악사들의 끈 풀린 구둣발만이 마루를 핥습니다.

모두가 마에스트로를 자처합니다.

모두가 마에스트로입니다.

누구도 지휘봉을 살피지 않는 덕입니다.

이대로 가서 우리는 어디에 닿는 겁니까.

거기서 한밤 자고 나면 내가 좋아지는 겁니까.

잠겨 죽을 만큼 깊은 무언가가 거기에 있냐는 말입니다.

　　나는 @gudwns97을 몇 없는 친밀한 관계 중에서도 둘도 없는 친구로 여겼다. 쌍둥이 형제끼리의 유대 그 이상을 공유하며 서로의 곁을 쉴 틈 없이 왕래한 것이었다. 그를 만나기 전의 나는 스스로 잘난 게 하나 없는 존재라는 생각이 들 때마다 무력하게 무

너져 버리곤 했다. 언제나 조금 더 유능한 인물이 되고 싶다는 욕
망에 사로잡혔지만, 만족스럽지 못한 현실에 불만을 품고는 중요
한 것들을 내팽개치기 일쑤였던 것이다. 평범하고 보편적인 것을
병적으로 못 견뎌 하는 불완전한 기질 탓이었다.

반면에 그는 모자람을 감추는데 능했다. 조금이라도 빼어
나다 여겨지는 것을 모색해 줄을 맞춰 근사하게 진열하는데 프로
였다. 그건 그가 지닌 위태로운 재능이었다. 또 일류라 불리어 마
땅한 수완이었다. 나는 언제부턴가 그와 친구가 되어 어울릴 수 있
기를 바랐다. 그가 자신의 역량을 나를 위해 발휘해 준다면 내가
지닌 욕망과 결핍이 해소될지도 모른다는 생각이었다.

그는 그런 내 마음을 알아차려 주었다. 그래서 나를 위한
허울 좋은 에이전시이자 일 잘하는 매니지먼트가 되어 주기로 했
다. 황홀한 경험이었다. 그를 앞세워 일상의 좋은 면만을 추려 내
확대하고, 해석할 때면, 마치 실재하는 나의 존재 가치가 보다 값
진 형태로 가공되는 기분이었다. 내 쪽에서 나쁘지 않은 수준의 소
스를 제공하면 그는 다른 재료 없이도 진짜 훌륭한 요리를 떡하니
내놓았다. 납을 녹여 금으로 바꾸겠다던 중세 연금술의 어긋난 실
현이었다. 요긴히 쓰여야 동전이나 총알이 될 것이, 금붙이가 되어
네모난 진열장에 들어가 조명을 받았다.

그게 좋거나 재미있었다. 시간이 지날수록 우리의 관계

는 깊어져 갔고, 그렇게 나는 서서히 그의 수완에 의존하게 되었다. 그 말은 즉, 중독을 면할 길은 내 앞 어디에도 없었다는 얘기이다. 중독의 핵심은 그에 동반하는 의존성에 있다. 그 둘은 서로를 지독하게 사랑하는 나머지 상대를 마치 자기 자신처럼 여기며 전천후로 돕는다. 의존은 중독을 심화하고, 중독은 의존이 먹고 자랄 풍부한 양분을 댄다. 양분을 먹고 자란 의존이 중독의 체면을 추켜세우고, 기세를 키운 중독은 의존을 품에 안는다. 나의 벗 @gudwns97은 마치 아무런 대가도 요구하지 않는 척하는 한편으로, 바로 그 중독과 의존을 일당으로 쳐 수년에 걸쳐 조금씩, 서서히 나의 영혼을 좀먹어 갔다. 그 결과 나는 좀 이상한 사람이 되고 만다. 타인에게 공유하지 못할 일상에는 좀처럼 아무런 의미도 찾지 못했다. 보고, 듣고, 느껴야 할 삶의 정취를 절절한 마음으로 체감하기에 앞서 카메라에 담아 가공하는 일이 우선시되었고, 살아 숨 쉬는 바로 지금을 영위하는 대신, 잘 담은 한때를 수집하는 일에 집착했다. 온전한 시간 속에서 내면을 들여다보는 대신, 타인 앞에 진열될 모습을 가꾸는 일에만 정성을 다하게 된 거다.

    그러한 사실을 미처 깨닫지 못한 채로 방탕한 몇 해를 보냈다. 그렇게 나의 정체성은 @gudwns97의 집게손가락 끝에 매달려 무력하게 늘어져 있는 꼴이 되었다. 습관처럼 피운 담배가 끝내 폐를 망치듯, 어느새 영혼을 통째로 전당 잡혀 버린 것이었다. 그는 때가 됐다 싶은 시점에 입을 커다랗게 벌려 그것을 꿀렁꿀렁 집어

삼키기 시작했다. 절반쯤 죽어 버린 패잔병의 구멍 뚫린 영혼이라 맛도 없었을 그것을 말이다. 두 다리부터 허리 위까지 집어 삼켜질 무렵까지도 나는 일말의 위기감 없이 계속해서 가공한 일상을 진열하며 만족을 취했다. 그러다 문득 고개를 들고 마주했다. 축축한 아구 속에 잠겨버린 제 처지를. 나는 그 사실을 알려 주변에 도움을 청하려 했지만, 그럴 수조차 없었다. 그곳에는 나와 같은 처지에 놓인 이들만이 가득했기 때문이다. 그들은 부여받은 빛을 잃어가는 줄 모르고 환락의 춤을 췄다. 자신의 행위를 타인에게 평가받지 못해 불안에 떨었다. 그러면서도 서로의 웃음소리를 견주며 아귀를 한껏 벌렸다. 그에 질세라 주변을 음해하며 두 손으로 턱을 벌려 젖혔다. 겁에 질리기 충분한 광경이었다.

나는 즉각 핸드폰을 꺼내 그간 신나게 갖고 놀던 피드의 게시물을 전부 숨겨 버린 뒤에 인스타그램을 지웠다. 비장한 어투로 말하는 게 우습지만, 본능 비슷한 거였다. 그러자 드라마틱한 현상이 일어났다. 과학적 진위 여부는 아무래도 모르겠지만, 무게도, 질량도 없는 데이터가 타인의 시야에서 모습을 감췄다는 사실만으로 손에 쥐고 있는 핸드폰이 믿을 수 없을 만큼 가볍게 느껴졌던 거다. 단지 기분이 그랬다는 얘기에 그치는 것이 아니라, 실재하는 물리적 영역으로서 말이다. 정말로 묘한 일이라서, 나는 마치 오병이어의 기적을 목격한 사람처럼 한동안 손바닥으로 저울질을 반복했다. 잠시 후에는 단순히 핸드폰만 가벼워진 게 아님을 체감했다. 골 안의 뇌를 절반쯤 푹 덜어낸 것처럼 머릿속이 쾌적한 느낌이었다. 어딘가 배배 꼬여 신통치 않던 사고 체계가 경쾌하고 간결하게 기능하기 시작한 것이었다. 걷어내도 좋은 것들과 그 자리에 파묻혀 있던 소중한 가치 몇 가지가 보이기 시작했다. 보고 들리는 온갖 것들의 디테일이 정취를 뽐내고, 그 가운데 놓인 저 자신은 덧없이 유의미한 존재처럼 느껴졌다. 펄 위에 구르다 샤워를 마치고 나온 것만 같은 기분. 달고 태어난 병마와 영원히 작별한 듯한 해방감! 그날 밤은 꿈자리마저 좋았더랬다. 그러나 중독과의 작별이 그토록 간단하다면 처음부터 중독이라 불러서 안 되는 것이다. 요컨대 모든 금단 뒤에는 나름의 매질이 도사리고 있다. 그것은 섭취 뒤에 소화가 잇따르고, 들숨 뒤에 날숨이 이어지며, 빛의 이면에는 어둠이 있는 것과 같은 세상의 이치 중 하나이다.

당시의 나는 이제 막 첫 책을 세상에 내놓았더랬다. 나로서는 무척 유의미한 행보를 지내는 중이었다. 그러나 코로나 탓에 SNS 이외에 나와 내 책을 알릴 수 있는 수단은 제로에 가까울 만큼 제한적이었다. 알아서 입소문이 퍼져 주길 바라는 것 역시 기대하기 어려운 일이었다. 그러니 전력을 다해 팔방으로 홍보해도 모자란 와중에 SNS 활동을 쉬어 가는 것은 내게 실질적인 손해로 다가왔다. 어쩌면 나는 집필에 들인 지난한 시간과 애정을 구태여 등져버리는 중인지도 몰랐고, 이따금 그러한 불안에 사로잡혔다. 그 불안의 크기는 그때까지 @gudwns97에게 받아 온 수혜의 정도를 적확히 반증했다. 어떤 수혜였는가. 그것은 SNS가 지닌 자기표현 수단으로써의 무한한 활용성을 얘기한다. SNS는 다양한 창작물을 원하는 대중과 창작자들이 한데 모여 교류의 접점을 다양화하고, 그를 통해 자신들의 감각을 구축해 가며 양쪽의 니즈를 충족시키는 역할을 전례 없이, 미친 수준으로 해내고 있다. 바로 그 지점에서 나는 SNS의 완벽한 수혜자 중 한 명이 되고 만다. SNS를 통해 사람들에게 나를 드러냈고, 나아가 나의 글쓰기를 알렸다. 그러한 날들이 쌓여 운 좋게도 나와 내 집필을 알아주는 이들이 조금씩 생겨난 거다. 그러니 어쩌면 여기까지 글을 써 온 저력 또한 그 공간으로부터 파생되었다 해도 무리는 없다. 일찍이 나를 알아봐 준 이들이 없었다면, 나는 과연 지금까지 펜대를 굴릴 용기를 냈을까? 스스로의 그간 행실을 통해 유추해 보건대, 자그마한 자신조차 없다. 그러니 역시 두말할 것 없이 수혜자인 셈이다.

또한, 나는 @gudwns97의 바짓가랑이를 붙잡고서 언제나 누군가와 손쉽게 소통해 왔다. 이런 말은 조금 건방지지만, 오가는 이미지와 텍스트 속에서 인연을 부추기는 일이 그다지 어렵지 않던 것이다. 농담 버튼, 공감 버튼, 그 두 가지를 적절히 다루는 법만 익히면 누구와도 제법 가까워질 수 있었다. 예컨대 저명한 소설가가 '왜?'와 '어떻게?' 만으로 한 편의 이야기를 이끌어 가듯이 말이다. 그건 SNS라는 무대의 마법 같은 물성인 동시에 역시 대단한 수혜 요소이다. 그런 곳에서 놀아 버릇했으니, 무대 바깥에 홀로 섰을 때는 그간 당연하게 여겨 왔던 소통의 맥이 탁, 하고 끊기고 만다. 끊임없이 농을 치던 친구들, 간간이 안부를 물어 주던 정 많은 몇 사람들, 글을 읽고 정성 가득한 답장을 적어 보내 주던 독자들의 발걸음이 끊겨 버린 것이었다. 게다가 실제로도 누군가를 만날 일이 좀처럼 생겨나질 않았다. 인격의 외연은 갖고 태어난 기질과 일생 동안의 여러 관계를 통해 확장된다. 한데 그 관계의 메커니즘 속에서 SNS가 주요 동력이 되었으니 덕분에 제대로 된 외로움을 탈 수밖에 없었다. 하필 가을인지, 혼자서 밥을 먹고, 커피를 마시고, 맥주를 마시자니 매일 밤 쓸쓸해서 혼이 났다. 끝내는 회의감마저 들었다. 회의감보다는 남을 탓하며 찌질하게 칭얼거리는 거. 이보세요들. '최형준'을 사랑하라고요. 알고 보면 관심도 없는 거였어요? 다들 정말로 그래요? 아, 가련한 삶. 어리석은 당신들!

내가 @gudwns97의 등을 지고 생활한 기간은 기껏해야 두어 달이었다. 혹자는 두어 달 즘은 눈 깜짝할 새라서, 아무것도 깨달을 틈이 없다고 얘기할지 모른다. 그러나 일상의 서열 체계를 똑바로 직시하는 데에는 고작 두어 달 만으로 충분했다. 그 사이에 나는 SNS의 폐해라고 불리는 것들로부터 어느 정도 자유 의지를 지니게 되었고, 그로써 일상의 주도권을 되찾았으니 말이다. @gudwns97을 철저히 수하에 두게 된 데에는 당시에 떠올린 시의적절한 한 가지 의문이 결정적인 역할을 했다. 그건 바로 나 자신은 스스로를 사랑할 자격이 있는가, 하는 질문이었다. 예컨대 스스로 빛날 수 있는 존재인가 말이다. 누구도 알아주지 않을 때, 아무도 지켜보지 않을 때, 저 혼자서 빛을 내던 순간이 삶의 얼마큼을 차지했던가. 자신 고유의 빛을 얼마만큼이나 소중히 여겨 왔던가. 나는 절망적인 대답을 묵음으로 처리했다. 스스로를 텅 빈 바보로 만들어 가던 부랑자는 다름 아닌 나 자신이었다. 자기애의 온도를 타인의 몫에 달아 두는 실수를 버릇으로 삼았다. 그러니 스스로를 사랑하기가 못내 어려웠다. 온전한 일인분의 가치를 잃어 버렸다. 어긋난 교리에 홀려 타인을 통해 자기애를 충족시키려 했던 멍청한 세월이었다. 그런 사실을 모두 인정하고 나서야 나는 결심했다. 나를 되찾겠다고. '내'가 '내'가 되어 스스로를 빛내겠다고. 내가 나인 순간이 모여 빛을 낼 거라고. 그런 뒤에 그 빛을 주변에 나누는 진짜 괜찮은 사람이 되자고. 그렇게 두루 사랑받자고.

SNS를 키보드 모양대로 치면 '눈'이 된다. 어쩐지 섬뜩하다. 누군가의 세상을 바라보는 눈이 그 '눈'이라면 우리는 그에게 얘기해야 한다. 하루의 만족은, 빛나는 일상은 스스로 쟁취하는 것이라고. 자신의 0순위에는 언제나 충만한 바로 지금이 있어야 한다고. 저 혼자서 빛을 내는 이들만이 으레 사랑을 불러일으킨다고. 묵묵히 땅을 파야 우물의 주인이 되고, 남에게 길어 온 물은 연거푸 쏟아 봐야 이내 마르고 마는 것이라고. 그러니 '내'가 '나'인 순간을 모아 빛을 내자고. 빛내는 찰나를 퍼 담아 입 안에 머금자고. 고유의 아름다움을 칭칭 두르고서 세간을 마음껏 누비자고.

제각기의 아름다움이 멋대로 빛나는 때가 돼서야 우리는 서로의 빛을 시기하고 음해하기보다 탐닉하고, 끌어당길 것이다. 그때 뒷산에 올라 그 눈부신 광경을 숨죽여 바라보노라면, 진정한 사랑과 행복은 우리에게 한밤중의 진중한 댄스를 권할 것이다.

최소한의,
그러나 더 나은

　　근래 디자인 분야에 깊이 매료되어 있다. 하루의 시작부터 마지막까지 모든 것이 디자인을 통해 이루어져 있음을 자각한 뒤로부터였다. 작업실 곳곳을 옮겨가며 잠자코 관찰해 본 결과, 시야를 어디에 둬도 그 안에는 한 가지 이상의 디자인이 포착되었다. 핸드폰, 컴퓨터, 카메라, 오디오, 의자, 조명, 시계, 속옷, 운동화 같은 것들을 포함해, 하다못해 창밖으로 보이는 아파트, 또 아파트가 줄 서 있는 도시, 또 도시를 이룩하는 국가 자체 또한 크고 작은 개념의 디자인을 거쳐 존재하는 것이었다. 디자인은 눈에 보이는 외형을 넘어서 형태, 색상, 재질, 구조, 기능, 의미, 설계, 생산과 같은 미의식의 전체를 구성한다. 또한, 그것은 필연적으로 사용자 개인의 환경과 일상에 지대한 영향을 끼치는데, 그러니 더 나은 디자인을 곁에 둠으로써 그것을 삶의 태도와 연결 짓는 행위는 더욱 가치 있는 삶을 만들어 가겠다는 우아한 결의와 다름없는 것이었다.

디자인의 세계에서 통용되는 격언 중, 가장 영향력 있는 한 가지를 꼽는다면, 단언컨대 유능한 종사자 대다수가 디터 람스의 'Less, but better'을 떠올릴 거다. 최소한의, 그러나 더 나은, 이라는 뜻의 이 문장은 단순히 제품 디자인을 위한 한 가지 컨셉에 그치지 않고, 현대인에게 요구되어야 할 삶의 태도와 철학을 내포하기 때문이다. 그는 생각 없는 소비를 위한 생각 없는 디자인의 시대는 끝났다고 얘기했다. 인간을 먼저 이해하지 못하면, 좋은 디자인을 이해할 수도 없다는 것이다. 소비자가 아닌 사용자를 위한 디자인을 해야 한다고 말한 그는 훌륭한 디자인과 삶의 태도에 관하여 이미 명확한 답을 내놓았다는 세간의 평가를 받는다. 자신의 철학이 이 세계에서 '기능'하고 있음을 당당히 증명해낸 것이다. 요컨대 Q.E.D.˙. 그러한 증명은 그가 세상에 내놓은 여러 디자인과 더불어 디자이너 본인의 삶을 통해서 비로소 완성되었다. 디자인 철학과 삶의 태도를 일치시킴으로써 자신의 신념이 이 세계가 필요로 하는 것임을 공연히 증명해낸 거다.

그의 옛 동료는 그를 떠올리며 '언제나 스스로를 조용한 거품 안에 가둔다.'라고 얘기했다. 프라이빗 커플인 동시에 세계에서 가장 유능한 디자이너로서의 일상을 지내는 그는 50년 간 이사를 하지 않았고, 이혼 또한 하지 않았다. 이혼율이 49%에 다다르는 독일에서 한 여자와 함께, 한 집에서 반평생을 살아간 것이다. 그

Q.E.D. 수학에서 증명을 마칠 때 쓰는 기호.

를 둘러싼 환경은 그의 디자인을 완결된 형태로써 대변한다. 오늘날 90세가 넘은 그의 집안 풍경은 젊었을 적 카메라에 담겼던 모습과 달라진 점을 찾기 어려울 만큼 여전한데도, 어느 한구석도 촌스럽지 않으며, 오히려 극도로 세련됐다. 무엇보다 나를 감탄하게 만든 것은, 그곳에 놓인 대부분의 물건이 자신이 디자인한 제품으로 이루어져 있다는 사실이었다. 소파에서부터 스툴과 선반, 그리고 오디오 장비와 커피머신, 하물며 손바닥보다 작은 면도기나 계산기 하나까지 모두 자신이 디자인한 제품을 사용한다. 그와 같은 사실은 그가 자신의 디자인에서 그 이상 덜어낼 점도, 개선해야 할 점도 찾아내지 못한다는 것을 의미한다. 쉴 틈 없이 발전을 거듭한 기술도, 더욱 가볍고 튼튼해진 신소재도 그의 디자인 앞에서는 그 기세를 잃어버리고 마는 것이다. 다른 경우에 대입해 보자면, 노인이 된 내가, 젊을 적에 쓴 책을 읽으며 더 이상 고쳐 쓸 부분을 찾지 못할뿐더러, 다른 작가의 책을 읽을 필요조차 느끼지 않는다는 그런 얘기가 된다. 오늘의 나로서는 그런 일이 가능하리라곤 상상하기 어렵다.

그에 대해 알아 가면 알아 갈수록 나는 그를 마음속 깊이 동경하게 되었다. 내가 어렴풋이 추구해 온 많은 것들을 나는 그의 삶 속에서 발견하게 되는 것이었다. 그에 대해 더 많은 것을 알고자 찾아보았던 다큐멘터리에서는 뮌헨의 공과대학에서 개최된 〈Was ist gutes design?〉이라는 제목의 강연을 엿볼 수 있었다.

한 관중은 디터 람스에게 어째서 자동차 디자인에 뛰어들어 훌륭한 작품을 세상에 내놓지 않았는가, 하는 질문을 던졌다. 그는 이렇게 대답했다.

"자동차 산업은 처음부터 저를 짜증 나게 했습니다. 그들은 더 빠른 것에만 관심 있어요. 그러한 견해는 적절치 않습니다. 우린 더 빠른 게 필요하지 않아요. 우린 더 현명하고, 더 나은 것이 필요할 뿐입니다."

그의 대답은 속도에 혈안이 되어 있는 여러 산업 분야의 문제점을 아프게 꼬집었다. 우리는 더 이상 속도계의 숫자가 늘어나는 일을 필요로 하지 않는다. 이미 새겨져 있는 숫자에조차 좀처럼 도달할 일이 없기 때문이다. 과연 우리에게 더 빠른 차가 필요한가? 물론 필요 없다. 더 빠른 엔진을 만들어 내는데 여력을 다할 바에, 고통받는 자연환경과 어긋난 도로 교통 개선에 심혈을 기울이는 편이 합리적이다. 인도적이다. 물론 그가 만약 폭스바겐이나 포르쉐 같은 기업과 손을 맞잡고 자동차 디자인에 참여했더라면 그 차는 물론 내 꿈의 차가 되었을 것이다. 그 전에 그는 일찍이 더 많은 액수의 돈을 벌어들였겠지. 그러나 그에게는 더 화려한 집으로 이사 갈 이유도, 더 빠른 스포츠카를 구입할 이유도 없었다. 더 비싼 시계를 손목에 걸어야 할 이유도, 더 많은 주식을 가져야 할 이유도 없었다. 그보다 더 나은 가치의 것들로 둘러싸인 삶을 누리고 있기에. 무리해 개선하거나 발전시켜야 할 필요가 없는, 조용한 거품을 지니고 있기에 말이다. 그는 자신이 가진 태도가 다른 무엇보다 더 나은 가치임을 알고 있었다.

나는 그가 90세가 넘은 노인이라는 사실을 도무지 믿을 수가 없었다. 무릎 수술의 여파로 당분간 지팡이를 짚게 되었다고 하지만, 그조차도 최근의 일이다. 그는 여전히 사람들이 바글거리는 런던의 거리를 혼자서 거닌다. 그다지 등이 굽지도 않았다. 멋들어진 지팡이를 짚으면서도 그다지 뒤처지지도 않는다. 그는 여전히 포르쉐 911 구형 카레라를 직접 몰며 이따금 조수석에 앉은 이와 정면을 번갈아 주시하며 농담을 건넨다. 액셀도 시원시원하게 밟는다. 주차도 한 큐에 마친다. 이따금 자신의 컬렉션 전시가 개최되는 곳에 직접 방문해 팬들에게 다정한 농담을 건네며 샴페인을 홀짝인다. 군청색 진에 블랙 셔츠와 카멜색 블레이저를 걸치고. 목에는 검정 스카프를, 콧등에는 진짜 멋진 호피 테 안경을 쓰고. 그런 차림이 도무지 눈곱만큼도 어색하지가 않다. 외려 흉내낼 엄두조차 나지 않는, 정제된 연륜을 풍긴다. 무엇보다 그의 두 눈은 절대로 노신사의 것이 아니다. 무언가 중요한 가치를 꿰뚫어 보려 했던 젊을 적 그대로, 조금도 쇠퇴하지 않은 거다. 사물을, 사람을, 세상을 더 나은 시각으로 바라보고자 한 그의 열망이 그의 두 눈으로부터 세월의 흐름을 앗아간 것이다.

나는 일찍부터 감각적인 사람이 되고 싶었다. 본질을 아우르는 섬세함과 쇠퇴하지 않는 심미안을 지닌 예술가. 어려운 질문에는 충분히 시간을 들여 고민하고, 준비된 대답은 확신에 찬 어투로 꺼내 놓을 줄 아는 사람이 되고 싶었다. 예술과 삶의 일체감을 통해 나와 내 주변의 작은 시류를 만들어 내고, 그 미약한 흐름으로 타락하는 세상 속에서 최소한의 아름다움을 지켜 내고 싶었다. 빠르게 변화하는 세상 가운데, 비명을 내지르며 사라져 가는 섬세한 가치들을 위해서 말이다. 그렇게 아름다움을 좇는 이들의 결의와 세계의 아름다움에 이바지하는 거다. 그야 계속해 착실히 좋은 걸 보고, 듣고, 경험해야 할 일이었다. 한데, 당최 좋은 게 뭔지. 실체가 없는 아름다움은 손에 쥐려고 하면 할수록 모호해지곤 했다. 다가서도, 다가서도 가까워지지 않는 신기루처럼. 때문에 내겐 지도나 나침반 같은 게 필요했다. 내가 떠나고자 했던 항해는 더 나은 세계를 찾기 위한 탐험이었지, 어디든 상관없는 떠돌이가 되기 위함이 아니었으니 말이다.

그러던 어느 날 한 명의 디자이너를 알게 되었고, 그의 삶을 엿보았다. 나는 덜컥 사랑에 빠졌다. 또 한 가지 사랑을 알게 된 것이었다. 잘 디자인된 영화 속 구도, 편집, 미술, 조명, 음악, 배역, 줄거리, 잘 디자인된 책의 주제, 표지, 문장, 묘사, 서사, 제목, 서체, 잘 디자인된 음악의 가사, 음률, 음색, 소리, 연주, 리듬, 재킷을 마주할 때처럼. 그럴 때 나는 심장이 약한 작은 생명체가 되어 숨이 멎을 것만 같이 동요하곤 했다. 두 주먹을 움켜쥐고 소리 없이 감격하는 거다. 마음속 깊은 곳으로부터 번져 오는 그 뜨거운

홍분이 바깥으로 새어 나가지 못하도록 눈을 감고서. 조용히 숨을
고르되, 요동치는 가슴을 온전히 느껴야 했다. 그런 뒤에 눈을 뜨
면, 나는 사뭇 달라진 세상에 놓여 있었다. 색채도, 온도도, 기울기
와 무게마저 여전하다. 그러나 그곳은 분명 이전에 알던 그곳과는
전혀 다른 곳이 되어 있었다. 알아보고 발견할 수는 없지만, 분명
히 체감한다. 변화한 세상을. 변화한 나 자신을. 오늘의 나는 좀처
럼 진정되지 않던 그 홍분의 순간들을 곱씹어 소화시키는 데에 이
렇게 긴 시간을 보내고 있다.

그를 쫓아 다듬은 감각이 언젠가 목돈이 되어 내게 돌아오
거든, 'VITSOE 620 CHAIR'를 나의 조용한 거품 속 거실에 들이고
싶다. 매일 밤 그 안락한 의자에 앉아 풍요로움 속의 비문화적인
것들로부터 나를 지켜 내는 거다. 그러면 나의 두 눈은 세월의 흔
적을 적출한 듯 빛을 잃지 않을 것이고, 마침내는 증명해 낼 거다.
내가 보낸 이 젊은 한때는 그 이상 더 할 것도, 덜어낼 것도 없는
좋은 디자인이었다고.

♥

그는 'Less, but better'의 10가지 원칙을 정했습니다. 그는 이것이 디자인뿐만이 아닌, 삶의 태도와 연결되어 있다고 했습니다.

좋은 디자인은 혁신적이다.

좋은 디자인은 제품을 유용하게 한다.

좋은 디자인은 미적인 것이다.

좋은 디자인은 제품을 이해할 수 있게 한다.

좋은 디자인은 과시하지 않는다.

좋은 디자인은 정직하다

좋은 디자인은 지속된다.

좋은 디자인은 마지막 디테일까지 철저하다.

좋은 디자인은 환경친화적이다.

좋은 디자인은 최소한의 디자인이다.

_ 영화, <디터 람스> Rams, 2018

예술이라면

종종 골치 아픈 날을 맞이한다. 모처럼 마음먹고 책상 앞에 앉아도 머리가 작동을 안 하는 거다. 마음을 먹는 날이라고 해 봐야 자주도 아닌데, 도무지 누구를 탓하면 좋을지 모르겠다. 할 수 있다면 한 번쯤 머리통을 떼어 내 마주 보고 앉아 저녁 식사를 나누며 대화를 나눠 보고 싶다. 너는 도대체 뭐가 문제냐, 하고. 오가는 말이 고울 리 없다. 우리는 고기를 썰다 접시까지 두 동강 낸다거나, 앞니로 와인 잔을 씹을 수도 있다. 수석이 못 되는 직원을 나무랄 수야 없다지만, 일하지 않는 직원을 언제까지 지켜만 봐야 하는 걸까.

한 날은 마음을 각별히 굳게 먹고서 작업실로 향했다. 지난 주말에 이틀 연장으로 술을 진탕 마신 터라, 새로 맞이한 주의 첫 날만큼은 혁신적이어야 했다. 미슥미슥한 숙취와 무더위를 뚫고 작업실에 도착했다. 내가 가장 먼저 한 일은 물론 에어컨을 켜는 것. 그다음은 오늘 하루 동안 끝맺어야 하는 일의 리스트를 정성껏 적어 내려가는 것이었다. 그런 걸 적을 때만큼은 뭐든 해낼 수 있을 것만 같다. 이만큼 총명해지는 순간이 또 없다. 서너 개의 목록을 적고, 그 옆에 각각 빈 네모를 새겨 넣었다. 한 가지 일을 해치울 때마다 지극히 프로페셔널한 태도로 체크 표시를 휘갈겨 넣을 심산이었다.

자, 졸음이 밀려올지 모르니 커피를 사 온다. 화장실은 미리미리. 자고로 어질러진 책상에서는 간결한 사고가 불가능하기에 깨끗이 정리한다. 노트북을 충전기에 연결하고, 에어컨 리모컨을 근처에 두고, 자리에 앉아 편한 자세를 찾는다. 자, 비로소 한 몇 시간쯤 대차게 머리를 굴릴 차례였다. 하지만 머지않아 나는 자리를 옮겨 텔레비전 앞에 앉아 컵라면에 물을 붓는다. 도무지 글은 한 줄도 쓰지 않은 채로. 우직이 앉아 버텨보려 했는데, 이 머리통은 그날도 일을 할 생각이 없는 모양이었다. 그런 찰나에 때마침 배까지 고파 오니, 나로서는 그 이상 버티기가 어려웠다.

혁신이 어쩌고저쩌고하다가 텔레비전이나 본다고 하니 조금은 한심한 꼴로 보일 텐데, 그러게. 스스로도 마음이 무척 불편했다. 그래서 뭔가 공부라도 되라고 일부러 디자인 관련 다큐멘터리를 틀었다. 덴마크 태생의 각광받는 예술가 '올라푸르 엘리아손'이 출연한 회차였다. 오프닝 이후 몇 분이 흘렀고, 나는 면발을 호로록 빨아들이다 말고 확신했다. 안 돌아가는 머리를 싸매고 쩔쩔매는 일 따위, 일찍이 포기하길 잘했다고. 화면 속에서 사람 좋게 구는 그가 내게 건네는 말들이, 그리고 그가 작품을 통해 세상에 이야기를 전달하는 방식이 내게로 날아와 꽝꽝 꽂히는 거였다. 그가 카메라를 바라보며 마치 재미나다는 듯이 건네는 한 마디, 한 마디가 마치 굳게 올린 가드 너머로 걸치는 훅처럼 진짜 세계 골을 울렸다. 나는 완전히 넋을 놓고 무심코 지나가는 자막의 보이지 않는 꼬리를 쫓아 눈동자만 겨우 돌돌 굴렸다. 제대로 넋을 놓아버린 거다.

신실한 신자에게 성경의 몇 구절이 그렇듯, 어떤 문장에 완벽히 감격하게 되는 순간이 있다. 그 문장은 때때로 한 사람의 삶을 적게나마, 혹은 완전히 뒤바꾸기도 하는 모양이다. 나는 평소 누구나 쉽게 뱉을 수 있는 두루뭉술한 격언 따위를 경멸하곤 했다. 누가 그런 얘기를 할 줄 몰라서 이렇게 쩔쩔매는 줄 아냐, 하는 식으로 빈정거렸던 것이다. 덮어놓고 듣기 좋은 말들을 마구 배설하는 아무개나, 그들의 설탕 발린 서비스에 감성적 가치를 두는 이들을 마주할 때면 나는 언제나 환멸의 순간을 겪어야 했다. 요컨대, 그런 식의 냉소적 태도가 내 삶의 가장 첫 번째 태세였다.

그런데 화면 속에서 담담히 말을 이어가는 그는 마치 그런 나를 겨냥하듯이 카메라를 똑바로 쳐다보며 이렇게 얘기했다. 세상을 경험하는 방식이 변하면 세상이 변한다고. 현실이 상대적이라는 걸 알고 나면, 바꿀 수도 있다는 것을 알게 된다고. 그 말을 듣자 미처 정돈되지 않은 상념들이 뇌리를 마구 스쳐 지나가기 시작했다. 나는 흥분했다. 누런 작업실 조명이 오후 두 시의 지중해 해변처럼 눈부시게 빛나서, 수평선 너머로 일렁이는 메시지를 차마 똑바로 바라볼 수 없었을 만큼. 나는 다급히 노트의 빈 페이지를 펼치고, 귀 뒤에 꽂아 둔 연필을 집어 들었다. 무슨 마술이라도 보여 줄 것처럼 재빠르게 말이다. 별안간 손에 거머쥔 광명이 그 빛을 잃기 전에 뭐든 내뱉어야 했다. 하지만 머릿속에서 생각들이 지나치게 빠른 속도로 지나갔다. 마치 영화에서나 보던 장면 같았다. 가루를 한껏 들이마시자 전율이 뇌까지 찌르르 퍼져 폭주해 버리는 거. 전속력으로 달리는 기차에 손잡이를 찾아 매달리려는 것처럼, 나는 도무지 어떤 말로 기록을 시작해야 좋을 지 알 수 없었다.

마음처럼 되지 않던 지난 세월은 언제나 나의 기대를 처절히 전복시키곤 했다. 때때로 샘솟던 희망과 행복감은 늘 손에 쥐려 할 때 즈음 신기루처럼 사라졌고, 반복되는 그와 같은 경험에 나는 풀이 죽어갔다. 다큐멘터리에서 우연히 만난 한 예술가의 겸허한 태도는 그러한 지난날의 초라한 내 모습을 자조하게 했다. 스스로의 처지를 지독히 경멸하기에 다른 사람이 되고 싶었던, 더 나은 모습으로 거듭나고 싶은 욕망을 들끓는 자기혐오로밖에 다룰 줄 몰랐던 모습이었다. 잘못은 아니었다. 그렇게 하는 것밖에 몰랐다. 그렇게 하지 않으면 영 불안해지고 말아서, 그게 최선인 줄로만 알았다. 앞서 말했지만, 냉소적 태도는 현실에 길들여진 내가 세상을 경험하는 가장 뚜렷한 방식이었다. 하지만, 그의 얘기를 듣고는 비로소 이런 생각을 떠올리게 되었다. 때때로 나를 괴롭게 하는 것들 대부분이 바로 내 안에 서린 그 냉소적 태도를 기원으로 두고 있는지도 모른다고. 그러니 앞으로는 조금씩 변해 보자고. 더 나은 순간을 만들어 가자고. 아무래도 더 나은 생각과, 아무래도 더 나은 감정에 귀를 기울이자고. 더 좋은 순간의 외연을 착실히 늘려 나가, 더 나은 사람이 되어 가자고.

그러고 보면, 친애하는 나의 친구가 이런 얘기를 들려준 적이 있다. 나이키 매장 주변을 거닐다 문득 벽면에 걸린 'Just do it' 슬로건을 발견했는데, 그 순간 알 수 없는 흥분감을 느꼈고, 그런 뒤부터 거짓말처럼 고질적인 무력감으로부터 해방됐다는 것이다. 겨우 나이키 슬로건을 보고는 삶이 변했다는 얘기에 나는 꼭 농담처럼 물었다. "사람이 정말 변하니?" 하고. 내 질문에 그 애는 눈을 반짝반짝 빛냈다. 그리고는 의아한 흥분을 억누르면서 대답했다. "좀 나대는 것 같은데, 변하더라." 하고. 그러자 그 애가 내색하지 않으려 했던 흥분감이 내게로 옮겨져 왔다. 사실 나는 처음부터 그 애가 그렇게 대답해 주기를 바라며 질문한 것이었다. 여전히 변할 수 있다는 기대와 희망을 소생시켜주기를 바랐던 거다. 그 애는 발그레 상기된 얼굴로 덧없이 알려 주었다. 언젠가는 변하고 싶었던 모습대로 변할 수 있음을. 머지않아 원하는 삶을 살아갈 수 있게 될 것임을. 그러니 지금의 내 모습과 처지 또한 꼭 그렇게 미

위할 필요가 없음을.

세상을 경험하는 방식이 변하면 세상이 변한다는 말은, 개개인 스스로가 세상을 바꿀 수 있는 능력을 지녔다는 얘기이다. 매 순간을 인지하고 해석하는 일은 그 누구도 대신할 수 없는 존엄의 영역이다. 똑같은 세계에 살아가더라도 그것을 인식하고, 바라보는 방식은 저마다가 선택하는 것이라는 얘기이다. 선택할 수 있음은 변화할 수 있음을 의미한다. 그러니 이 세계와 삶을 바라보는 시각 속의 주체성은, 자신의 작은 세계를 변화시킴으로써 나아가 세상의 전체를 바꿀 수도 있다. 제아무리 세월이 변하고 시대가 바뀌었다 한들, 세상을 경험하는 방식이 그릇되어, 영영 변하지 않는 세계에 고립되고 만 몇몇의 철면피 악인들이 반증하듯이 말이다.

서론에서 가능하다면 머리통과 마주 앉아 저녁 식사를 하고 싶다고 했다. 언젠가 정말로 그런 일이 가능해진다면, 비난과 책망으로 싸우려고 하는 대신 진짜 맛난 음식을 대접하며 살살 달래 보는 게 아무래도 더 좋겠다.

사진, 사진, 사진!

'평생'이라는 단어 뒤에 이어지는 문장으로 머리말을 띄워 보려는 참이다. 그러나 나처럼 젊은 작자가 그렇듯 원대한 단어를 사용해 봤자 그 강조의 효과가 미미할 것이라는 생각이 들고 만다. 평생이라는 단어의 의미는 세월을 나면 날수록 사용자의 삶과 함께 여물어 가는 것이다. 예컨대 사랑, 행복, 고독과 같은 성격이다. '평생'이란 말은 사용자가 살아 묵힌 세월이 쌓이고 난 뒤에야 자신의 힘을 발휘할 수 있다. 그러나 그때가 되면 여지없이 또 다른 문제가 생겨나고 만다. 평생과 짝지어 얘기할 거리가 나날이 줄어드는 거다. 20대까지는 평생 누구한테 져 본 적 없다고 떠들던 인간도, 꺾인 세월 속에는 필시 패배의 쓴맛이 새겨져 있다. 텔레비전에 출연해 한평생 어디 아파 본 적 없다며 알통을 까고 싱글벙글 웃는 아저씨도 마찬가지다. 운이 좋아 몸이야 앞으로 몇 년은 더 성한들, 가슴 아픈 일까지 피해 갈 수는 없을 테니까. 평생 누구한테 빚지고 살아 본 적 없다고 장담하는 인물도, 평생 몸에 나쁜 건 입에 대지 않았다는 인물도 세월 속에서 그 단호함을 서서히 잃어간다. 젊을 적에 들먹이는 '평생'이 하등 거짓말에 불과하다는 말을 하는 것은 아니다. 예컨대 10대 소년이 '내 평생 우라지게 고독했어. 앞으로도 난 마음을 다해 사랑하지 못할 거야. 그러니까 날 내버려 둬.' 하고 얘기하면 친한 친구들 몇 명이야 심각하게 들어주겠다만, 어른 입장에서는 기껏해야 어이쿠, 하는 식으로 못 본 체하고 말 거라는 얘기를 하고 있다. 그러니 또래 중에 '평생 이 손놓지 않을게.', '평생 너만 사랑할게.' 하는 식의 얘기를 남발하는 애들은 어느 정도 허풍쟁이다. 그런 얘기가 정 하고 싶으면, 말로 하는 대신 일관적인 행동과 태도로써 전하려고 노력하는 쪽이 좋다. 그러면 상대도 구태여 말로 듣지 않더라도, 그 마음을 고스란히 건네받을 수 있다.

도입부에 적으려다 만 머리말은 이런 거였다. 평생을 통틀어 이토록 카메라와 긴밀한 사이로 지낸 적이 없다. 알고 보면 그다지 중대한 얘기를 하려던 것도 아니다. 카메라를 곁에 들인 건 한 해, 두 해 전 일이 아니다. 후루룩 세어 봐도 대여섯 해 전이다. 그러나 그동안 우리 사이에는 좀처럼 좁혀지지 않는 어떤 기묘한 간극이 있었다. 예컨대 일주일에 서너 번은 반갑게 인사를 나누지만 좀처럼 단둘이 점심 한 끼 같이 할 생각은 들지 않는 복학생 선배와 같은 인상이랄까. 은근슬쩍 우리 꽤 친해요, 하고 너스레를 떨 정도는 되지만, 어쩐지 그 이상 가까워질 여지는 보이지 않는. 그런데 근래 그 견고한 간극이 사라졌다. 나로서는 얼렁뚱땅 그렇게 되어 버렸다는 실감뿐인데, 어느 순간 그 변화를 명확히 인지하게 된 계기는 이렇다.

작업실을 비워 줘야 하는 사정이 생겨 이사 갈 곳을 알아보러 나서던 길이었다. 아파트 현관을 나서자 별안간 때 이른 뙤약볕이 쏟아졌다. 나는 손바닥으로 차양을 만든 뒤에 눈썹 위에 얹었다. 그리고 습관적으로 재킷의 안주머니를 더듬었다. 아침이면 꼭 한 대 피우는 게 어느새 버릇이 들었다. 그런데 온 주머니를 더듬어도 담뱃갑이 없는 거다. 조금만 걸으면 편의점이 있으니 새로 살까, 하고 생각했다. 그런데 어제도, 엊그제도 같은 이유로 새 담배를 샀더랬다. 책상 위에 포개져 있을 몇 개비 피우지도 않은 담뱃갑을 떠올렸다. 그러다 카드 잔액도 함께 떠오르고 마는데. 밀린 숙제 던져 놓고 공 차러 나가려다 걸린 놈처럼 얌전히 엘리베이터에 도로 올라탔다. 그때, 거울에 내 모습이 비쳤다. 그러고 보니 마스크도 안 쓰고 있었다. 하지만 카메라만큼은 야무지게도 어깨에 걸려 있었다. 재킷 주머니에는 백업 필름도 들어 있었다. 바이러스가 수천 명의 사망자를 내는 현 시국의 엄중함을 빌리자면, 요즘의 나는 담배보다, 목숨보다도 사진이 우선이라고 말할 수도 있는 거다.

학기 초에는 무작정 사진을 찍어 오라는 과제가 주어졌다. 밑도 끝도 없이 필름을 두 롤, 세 롤 찍어 오란다. 찍으라니까, 과제라니까 궁핍한 주머니 사정에도 눈물 머금어 가며 열심히 찍어 댔더랬다. (정말이지 조만간 밥을 굶게 생겼습니다.) 디지털 기술이 본격적으로 보급되기 전에는 사진술은 사치 업종으로 분류되어 수도권 대학에서는 사진과를 신설하는 것이 제한되었다고 한다. 그도 그럴 것이 카메라 자체도 비싼데, 매번 구입해야 하는 필름이며, 번듯한 작업을 위해 현상 및 인화까지 직접 한다고 치면, 고도의 성장을 이룩한 현대의 소득 수준을 기준으로 해도 정말이지 권할 게 못 된다. 위에서 말한 사치 업종 얘기는 교수님께 직접 들은 얘기인데, 그런 말씀을 하시면서 아무렇지 않게 무지막지한 과제를 내주신다. 그러면 나 같은 사람은 마구잡이로 찍어서야 무슨 도움이 됩니까, 하고 묻고 싶어진다. 기술적, 혹은 개념적 접근이 선행된 이후에 실습이 이어져야 맞는 게 아닌지 싶은 거다. 하지만 모든 작업의 기초는 연장과 친해지는 것에 있었다. 그게 바로 기술적, 혹은 개념적 접근의 출발이었던 거다. 원래의 나는 주변의 시선을 의식하느라 길 가다 카메라를 꺼내 드는 걸 극도로 꺼려했다. 그러나 일단 일주일 만에 백 장가량 되는 사진을 찍는 게 과제가 되고, 또 거기에 돈까지 좀 쏟은 처지가 되고 나면 망설임은 일장 사라진다. 주위 시선이고 뭐고 간에 찍을 게 나타나면 여지없이 카메라를 꺼내 들게 되는 거다. 이런 걸 염두에 두고 내주신 과제라면 과연 사려 깊은 커리큘럼이 아닐까 싶다.

이어서 사진 수업 얘기인데, 한 달가량 암실 실습이 이어지고 있다. 찍어 온 필름을 들고 모여 직접 현상하고 인화하는 과정을 경험하는 것이다. 아날로그 필름은 화학 처리 이전에 빛에 노출

되면 새겨진 모든 상이 새카맣게 타버린다. 절구로 곱게 빻은 레코드처럼 복구 불가의 불모지가 되어 버리는 것이다. 따라서 현상 작업을 할 땐 언제나 빛을 철저히 차단한 채로 진행된다. 그게 참 특별하고 재미진 경험이다. 뭐가 그렇게 재밌냐면, 이른 아침부터 암흑과도 같은 공간에 들어가 시간을 보내는 그 자체가 즐겁다. 나만 아는 얘긴데, 첫 암실 실습 이후로 함께 수업 듣는 예닐곱의 학우들을 남몰래 조금씩 좋아하고 있다.

불을 끄기에 앞서 우리는 각자 몇 가지 도구를 앞에 두고 자리에 앉는다. 잠시 후 불이 꺼지면, 우리들 모두는 눈을 뜨나 감으나 조금도 다르지 않은 어둠에 놓인다. 그 어둠이 작업의 시작을 알리는 사인이다. 이때부터는 옆자리에 앉은 학우를 바라보며 콧구멍을 마구 쑤신다 해도 전혀 알아차릴 수 없다(정말로 쑤셔본 적은 없지만). 한동안 자잘한 수다로 장내가 술렁인다. 우스갯소리를 전파하며 어둠에 적응할 시간을 버는 거다. 난 좀처럼 얘기에 끼지는 못하고 혼자 숨죽여 웃는데, 암실에만 오면 배가 고프다는 둥, 암실에서 춤을 추는 사람은 정말 춤을 사랑하는 사람일 거라는 둥, 나 같은 사람에겐 문학적이랄까, 흥미롭게 들리는 얘기들도 간간히 이어진다. 그리고 나면 하나둘씩 덜그럭, 끼릭, 탁, 스윽 하는 소음을 자아내기 시작한다. 시각이 완벽히 차단된 채로 오로지 촉각에 의존해 작업하기 때문에 자연스레 귀가 쫑긋한다. 어느 자리에 앉은 누가 실수를 했는지, 누가 헤매고 있는지 따위를 소리만으로 알 수 있다. 어둠 속에서 롤 안에 감겨 있는 필름을 꺼내 릴에 옮겨 감고서 탱크에 넣어 뚜껑까지 잘 닫아 둔다. 그러고 나면 다 함께 몇 번이나 확인한 뒤에 불을 켠다. 불이 켜지기 전에는 냉큼 눈을 질끈 감아야 하는데, 그렇지 않으면 정말 고통스럽다. 다른 학우들은 대책 없이 눈을 뜨고 있는 모양인지 매번 비명을 내지른다. 내성격이 조금만 더 사교적이었더라면 "미리 눈을 감으세요!" 하고 소리쳤을 텐데. 지켜주지 못해 미안해가 이럴 때 쓰는 말이지 싶다. 단순히 웃고 넘어갈 일이 아닌 것이, 암실 작업이 눈에 입히는 타격은 안일하게 생각할 수준이 아닌지라 미국 같은 노동자의 인권이 엄격하게 규정되는 나라에서는 현상소에서 일할 수 있는 햇수가 제한되어 있다고 한다. 갈고닦은 노하우로 고작 몇 년밖에 일할 수 없는 것이 오히려 인권을 위협하는 일은 아닐지 심히 염려되지만 말이다. 어쨌든, 그렇게 어두운 터널을 지나 밝은 곳에서 다시 만나는 학우들의 얼굴은 이전과는 전혀 다르게 느껴지곤 한다. 마땅한 명분도 없이 부쩍 친밀한 사이로 거듭나는 거다. 단지 함께 어둠을 지나쳐 왔을 뿐이다. 눈을 가리고 소리로 서로의 존재를 공유했을 뿐이다. 사진 전공자들 사이에서는 암실에서 캠퍼스 커플이 많이 탄생한다고 들은 적이 있는데, 응당 고개가 끄덕여진다.

　　암실 실습 첫날에는 이런 일도 있었더랬다. 손이 빠른 편인 나는 암흑 속에서 남들보다 이르게 작업을 마쳤다. 멀뚱히 벽을 바라보며 다른 학우들을 기다려야 했던 거다. 그런데 별안간 가슴이 두근거리기 시작했다. 순식간에 식은땀이 나고, 원인 모를 불안감에 휩싸였다. 나로서는 얼른 불을 켜고 주위를 환기하고 싶었지만, 학우 중 한 명의 도구가 말썽인지 좀처럼 불이 켜질 기미가 보이지 않았다. 이 병적인 불안감이 5분을 갈지 10분을 갈지 모른다는 생각에 공포감은 더욱 커져갔다. 누구한테 말이라도 붙이면 조금 편안할 텐데, 도무지 누구에게 뭐라 말을 걸어야 좋을지 알 수 없었다. 그때, 옆자리의 학우가 내게 말을 걸어왔다. 자기 좀 도와줄 수 있겠냐고. 그거 내가 하려던 말이었다. 그녀는 필름의 끝자락이 깔끔하게 잘리지 않은 게 찜찜했던 모양인지, 내게 부탁을 했다. 어둠 속에서 손을 더듬어 필름을 건네받고, 나는 그것을 손톱으로 깔끔하게 잘라 돌려주었다. 그리고 잠시 뒤에, 그 학우는 말했다. 저기 바닥에 반짝거리는 스티커 보이냐고. 신기하다고. 거기엔 작은 동그라미 모양의 스티커가 깜빡, 깜빡 빛나고 있었다. 나는 아마 인광 스티커일 거라고 알려 주었다. 빛을 모아 두었다가 어두워지면 빛나는 거라고. 자기는 야광별을 좋아한다고 말하는 목소리가 어둠 저편에서 들려왔다. 그래서 방에도 몇 개 붙어 있다고. 어떻게 반응하면 좋을지 몰랐던 나는 잠시 고민하다 흐흐, 하고 웃고 말았다. 어느새 불안감은 서서히 옅어져 가는 중이었다. 짙은 어둠 속에서 가까이 있는 이들 사이에는 뭔가 다정한 길이 열리는 모양이라고 생각했다.

　　몇 시간씩 빛 한 줄기 안 드는 공간에서 이러쿵저러쿵 실습을 마치고 나와도 대개 바깥세상은 화창한 정오 무렵이다. 바우하 우스풍으로 지어진 건물의 안뜰에서 볕을 받으면 순간 머리가 핑, 하고 도는데, 그때 피우는 담배는 과히 세계 일품이다. 쿠바까지 갈 필요도 없다. 학교라면 정말 쳐다보기조차 싫었는데 요새는 진작 돌아올 걸 그랬나, 하는 생각마저 든다. 이참에 카메라도 폼나게 생긴 걸로 새로 샀더랬다. 뭐든지 폼이 좀 나야 의욕이 솟는 필자다. 새 카메라를 어깨에 걸고 집으로 돌아오던 날이 기억난다. 지하철에서 내려 지상으로 향하는 에스컬레이터에서 앞뒤 몇 사람이 그렇듯 나도 넋을 놓고 서 있었다. 그런데 별안간 선연히 감격하고 만다. 솜털이 삐쭉 서면서 허, 하고 웃음이 나왔다. 한쪽 어깨로 야시카의 가죽 카메라 가방을 메고서 햇살을 받는 내 모습이 별안간 진짜 괜찮게 느껴지는 거다. 부쩍 몸과 마음이 건강해졌다는 실감이 낯짝에 내리쬐는 볕만큼 나를 포근히 감싸 안았다. 그 안에는 무언가 새로 시작할 수 있을 것만 같은, 얼마든지 조금씩 이뤄나갈 수 있을 것이라는 정체 모를 자신감이 스며 있었다. 나는 충만함을 만끽하며 코트의 깃을 바짝 끌어 올렸다. 그마저도 좀 멋지다고 생각하면서. 그리고 생각했다. 이 순간은 스위치가 똑딱, 하듯이 어느 한순간에 생겨난 것이 아니라고. 스토브의 열기가 서서히 번지듯이 느리고 조용히 찾아온 것이라고. 나는 그 느리고 조용한 변화를 소중히 여기기로 했다. 그러한 결의는 아무리 감추려 해도 겉으로 드러나기 마련이다. 그렇게 더 나은 사람이 되어가는 것이다. 더 많은 사랑을 내 것으로 만들어 가는 것이다.

2

I don't wanna

say goodbye

안녕이라 말하고 싶지 않아요

자전거

어느새 까마득한 일이 되어 버렸지만, 하루는 이른 아침부터 공원 벤치에 앉아 몇 시간이고 체스를 두었다. 마스크 같은 건 쓰지 않아도 되던 시절, 딱 한 잔 따라 마신 매실차처럼 싱그러운 초여름의 한 날이었다. 그맘때 나는 꼭 한번 그런 일을 벌이고 싶어 했다. 공원 벤치에 앉아 몇 시간이고 한가로이 체스를 두는 것 말이다. 계절이야 아무래도 좋지만, 볕 좋은 날의 공원 벤치가 아니면 안 됐고, 체스가 아니라 바둑이나 장기여서도 곤란했다. 틀림없이 공원 벤치에 앉아 한가로이 몇 시간이고 두는 체스여야만 했던 것이다.

그 세세하면서도 산뜻한 바람은 그로부터 몇 달 전에 다녀온 유럽에서의 산책이 기원이 됐다. 베를린에 거점을 두고 파리와 암스테르담에서 각각 며칠씩 머무른 뒤에 다시 베를린으로 돌아와, 마저 며칠을 묵고 귀국하는 비교적 짧은 일정이었다. 그곳들의 변두리를 산책하노라면 머플러를 칭칭 두르고 앉아 잠자코 체스를 두는 사람들을 심심치 않게 발견했다. 그야 젊은이들은 좀처럼 그런 일을 취미로 두지 않으니, 대체로 노인들의 모습이었다. 그 노인들의 모습에서는 어딘가 세기말적 정취가 돌았다. 심지어는 스타일리시하기까지 해서 무척 감탄하며 잘 봐두었다. 이후 한국으로 돌아오는 비행기가 9,000km를 횡단할 동안 나는 좌석에 찌그러져 앉아 주구장창 컴퓨터를 상대로 체스를 뒀다. 처음에는 시간 때우기 삼아 시작한 한 게임, 두 게임이 자꾸 패배하기만 하니까 점차 오기가 생기는 바람에 나중에는 졸음도 참고 체스를 뒀다. 하지만 나는 끝내 단 한 게임도 승리하지 못했고, 비행기는 지상에 다리를 내려 버렸다. 요컨대 체크메이트에 깊은 한이 맺힌 채 자국으로 돌아온 것이었다. 하지만 간단히 포기하지는 않았다. 일류 기사들도 못 당해 내는 이세돌 9단도 알파고에게 패배했으니, 나도 사람을 상대로 하면 이길 수 있지, 싶었던 것이다. 그렇게 호시탐탐 기회를 노리던 중에 아침 조깅을 위해 만난 친구를 구슬려 문구점으로 향해, 간결한 구성의 체스 세트를 구입해서 자리에 앉은 것이었다.

새벽 동안 소나기가 내린 덕에 그늘 밑은 선선했다. 벤치는 젖어 있었지만, 친구와 나는 운동할 때 입는 반바지 차림이었기 때문에 대수롭지 않았다. 땀에 젖든 비에 젖든 어쨌든 젖을 예정이었으니 말이다. 친구는 그때까지 영 체스를 둘 일이 없었던 모양이었다. 하지만 그 애는 장기 두는 법을 알았고, 체스 세트에 잘 정리

된 설명서가 포함되어 있었기에 금세 대략적인 규칙을 숙지했다. 그렇게 우린 체스보드를 사이에 두고 나란히 정면을 보고 앉아 다리를 꼬거나 무릎에 턱을 괴고 게임을 시작했다. 머리 위를 뒤덮은 창창한 나무줄기와 잎 사이로 햇살이 떨어지고, 솔솔 부는 바람 따라 그림자도 함께 일렁였다. 어디 한 번 실컷 이겨 보자, 하는 심보로 시작했지만, 이따금 딴소리를 해 가면서 볕을 쬐자니 금세 무척 단란한 기분이 되었다. 그러고 보면 유럽에서 본 노인들의 실력도 꼭 좋지만은 않았을 수도 있겠다. 이기지 않아도 좋은 것이다. 볕은 흑과 백, 또는 폰과 킹, 또는 승자와 패자를 가리지 않고 모두에게 평등하니까.

처음 두세 판은 무척 손쉽게 내 쪽이 승리했다. 그 애는 킹을 지키는 동안 나이트를 폰에게 잃어서는 안 되고, 퀸을 비숍에게 잃어서야 손해라는 정도의 수순은 이해했지만, 상대의 공격을 수비하는 동시에 역공을 가하는 수를 떠올리기에는 연륜이 부족했다. 살을 내주고 뼈를 취하는 묘수 역시 그 애 눈에 보일 리 없었다. 나는 폰의 전진을 활용해 상대 주요 기물의 움직임을 묶고, 나이트와 비숍으로 압박을 가하는 식으로, 철저히 내 입장에서 말하자면 무척이나 재미난 방식으로 몇 게임 승리를 챙겼다. 하지만 내가 한 맺힌 체크메이트를 몇 차례 외칠 동안, 그 애는 이내 슬슬 감을 잡기 시작했다. 거기에는 나의 친절하고 알아듣기 쉬운 가르침이 매우 큰 도움이 되었다고 생각하는데, 실은 내 쪽도 허접한 실력이기 때문에 머지않아서는 더 이상 그 애를 골려 먹으며 간단히 이길 수는 없게 되었고, 이내 우리는 승패를 주고받는 라이벌이 되었다.

점심 무렵이 되어 공원을 찾은 이들이 늘어감에 따라, 한적하던 주변도 적당히 북적이기 시작했다. 강아지와 산책을 나온 이들, 달리러 나온 이들, 볕 쬐며 수다를 나누러 온 이들. 그들은 얼추 비슷하게 보여도 각자 미묘하게 다른 기세로 우리 앞을 지나쳐 갔다. 그들은 얼마간 생소한 눈길로 우리의 모습을 흘겨보곤 했다. 우리는 유유자적 음풍농월을 읊으며 그 시선을 내심 즐겼다. 젖은 벤치에 아랑곳하지 않고 앉아 있는 젊은이 둘 사이에는 조악한 체스보드가 놓여있고, 그 위로는 흑과 백의 기물들이 치열하게 엉켜 있었다. 우린 시시콜콜한 이야기를 나누며 이따금 생각났다는 듯이 폰을 이쪽으로, 퀸을 저쪽으로 옮겼다. 나는 문득 그러고 있는 우리들 모습이 꽤나 멋지다고 생각했다. 승부 따위야 중요치 않고, 다만 낭만적인 기분에 도취되었을 뿐이었던 것이다.

그러던 중이었다. 등 뒤로 인기척이 느껴졌다. 그러니까, 우리가 앉아있던 벤치 등받이 부근에서 말이다. 뒤를 돌아보자 거기에는 열 살 정도로 보이는 꼬마 남자애가 등받이에 손을 얹고 삐죽 올라타 있었다. 그 애는 산만한 눈길로 체스보드 위를 살폈다. 그 애는 눈동자를 바쁘게 굴리며 이따금 어깨를 떨었는데, 어쩐지 고수의 기세가 느껴졌다. 친구는 그 애에게 "안녕." 하고 인

사했다. 그러자 꼬마는 "네." 하고 대답한 뒤에 곧장 "킹은 움직인 적 없죠?" 하고 물었다. 친구는 그렇다고 대답했다. 그러자 꼬마는 "그럼 캐슬링 하세요." 하고 말했다. 나는 움찔하고 만다. 나는 아 직 친구에게 캐슬링을 비롯한 특수 룰에 대해서는 가르쳐주지 않 았던 것이다. 그렇게 친구 녀석은 꼬마의 가르침을 받아 다음 차례 에 킹과 룩의 위치를 맞바꿨는데, 그러는 바람에 나는 거의 다 잡 았다고 생각한 승기를 놓치고 말았다. 다음으로 이어지는 상황은 조금 더 가관이었다. 친구는 그때부터 아예 자기 결정권을 그 꼬마 에게 넘겼는데, 그 뒤로 얼추 대여섯 수만에 외려 내 쪽이 체크를 당한 거다. 나는 수가 완전히 꼬인 마당에 발악했지만, 그 뒤로 서 너 수 뒤에 또다시 체크를 당하고 말았다. 약이 오른 내 입에서 안 해 먹겠다는 말이 튀어나오자, 꼬마는 그제야 못생긴 이빨을 여러 개 드러내 보이며 또래 애들답게 웃었다.

그 애는 한 게임 더 해 보자는 내 도전도 사양하고서, 자전 거를 타고 공원을 달리기 시작했다. 자전거 자물쇠를 목에 걸고서 저 혼자 진짜 전력을 다해 페달을 밟는 그 애는 사뭇 나가 놀기 좋 아하는 까무잡잡한 애처럼 보였다. 땀을 뻘뻘 흘리면서도 도무지 멈추지 않는다. 꼬마는 그런 제 모습에 만족하는 것처럼 보였는데, 그런 제 모습을 의식할 때마다 한 번씩 진짜 박력 있게 페달을 구 르며 뭐라고 혼잣말을 뱉었다.

나와 친구는 슬슬 허기가 져서 아침부터 이어진 대국을 마무리하기로 하고, 널브러진 기물을 주워 담았다. 그런데 별안간 어릴 적 기억이 떠올랐다. 그 꼬마애가 나의 뇌 뒤편 어딘가에 파묻혀 있던 기억을 상기시킨 거였다. 닮았다는 이유가 아닌 오히려 극명히 대조된다는 점에서. 그 애는 확실히 내 어릴 적 모습을 떠올리게 했다. 어릴 적 나는 스스럼없이 형들 노는 자리에 낄 줄도, 땀을 뻘뻘 흘려가며 자전거를 탈 줄도 모르는 애였던 것이다. 이어서 나는 어릴 적 기억에 관련된 한 가지 사실을 더 발견했다. 그날 우리가 앉아 체스를 둔 공원은 내가 아버지에게 처음으로 자전거 타는 법을 배운 장소였다. 아버지에게 자전거를 배운 공원이라고 하면 어쩐지 문장 자체에서 다정한 서사가 묻어 나온다. 그러나 세월을 거슬러 그날 밤을 회상하거든, 도통 합이 안 맞는 부자지간의 성난 뒷모습만이 떠오르고 만다. 결론부터 미리 말하자면, 그 무렵의 나는 끝내 자전거 타는 법을 익히지 못했고, 내가 자전거를 탈 줄 알게 된 건 그로부터 까마득히 먼 훗날의 일이었다.

적어도 내가 생각하기에 운동신경이 문제는 아니었다. 일일이 나열하는 것도 우습지만, 난 그맘때 이미 태권도 3단이었고, 일찍이 2단 국기원 승격 심사 때는 겨루기 부문에서 입상까지 했다. 운동회의 꽃, 계주 이어달리기에는 대개 마지막 주자를 맡았으며, 싸움질에도 젬병은 아니었으니 말이다. 그렇다면 아버지의 지도가 문제였을까? 그다지 스마트한 방식은 아니었다고 생각하지만, 언제나처럼 강단 있는 가르침이었다. 나라는 애는 아버지가 그런 식으로 집요하게 몰아붙이면, 그게 뭐라도 얼추 익혔다. 그렇다면 당최 뭐가 문제였을까.

문명과 담을 쌓고 살아 온 이의 눈에야 꽤 기이한 행위로 보이겠지만, 사실 자전거를 숙련하는 과정은 별것 없다. 처음 몇 번은 넘어지더라도 일단 재미가 붙고 나면 몸이 알아서 감을 터득하게 되어 있는 거다. 아버지가 강조했던 부분 또한 같은 맥락이었다. 당장은 넘어질까 불안해도 페달을 밟으면 기울어진 중심이 곧 추선다는 거. 그러니 제발 좀 저돌적으로 해 보라는 거. 하지만 나는 도저히 그럴 마음이 솟아나질 않았다. 문제는 다름 아닌 장소였다. 그 공원은 내 모교를 포함한 초등학교 두 곳과 맞닿아 있었다. 그러니만큼 공원에는 평소 내가 잘 보이고 싶어 했던 여자애들이 있을지도 몰랐다. 또 얕보여서 좋을 게 하나 없는 옆 학교 애들이 있을 수도 있었다. 그러니까, 나는 동네 애들 중 그 누구라도 공원에 나와 있을 수 있다는 사실을 의식했다. 그 애들에게 쩔쩔매는 모습 따위 보이고 싶지 않았다. 아버지에게 혼이 나 가면서 잔디밭에 고꾸라지는 모습은 진짜 덜떨어져 보일 것이었다. 오늘의 내가 범하는 착각이 그렇듯, 그맘때의 나 또한 스스로 충분히 성숙한 나이라고 생각했다. 폼 떨어지는 짓은 일단 하지 않고 보는 것이 나의 생애를 지탱하는 하나의 철학 같은 거였다. 그러니 집에 가고 싶다는 생각만 들었다. 자전거 따위 타서 뭐 하나, 싶기도 하고. 허나 아버지의 시각에서는 자전거 따위에 쩔쩔매는 아들의 모습이

기가 막혔다. 우물쭈물 시도조차 망설이는 소극적인 태도는 훗날
을 위해서라도 완강하게 다그쳐야 한다고 생각하셨을 테다. 그렇
게 우리 부자지간의 불협화음은 몇 분 만에 절정으로 치닫는다. 나
는 아버지, 학교 애들이 볼까 봐 창피해서 그러니까 다른 데로 가
서 연습해요. 그럼 저 금방 잘해요, 하는 말을 끝내 하지 못했고,
내내 열을 올리다 끝내 뚜껑이 열린 아버지는 그대로 자전거를 타
고 집으로 돌아가셨다.

　　학창 시절에 일찍이 자전거 타는 법을 떼지 못한 나는 줄곧
이런 사상을 지닌 채로 지내왔다. 누구나 각자의 기호대로 살아가
면 그만인 거라고. 요컨대 그까짓 거 안 타도 아무런 문제없다고.
첫 단추를 잘못 끼웠다는 이유로, 자전거를 향한 나의 냉소적인 아
집은 무척이나 긴 시간 동안 유지되었다. 별로 자랑은 아니지만,
내가 두 발 자전거 타는 법을 익히게 된 건 스무 살이 되고도 몇 해
지나서였다. 언젠가 오랜만에 자전거가 타고 싶다는 대학 선배의
말에 타 볼까, 하고 함께 강변으로 향한 거다.

　　따릉이를 빌려 강변을 찾은 나는, 주변에 민폐를 끼쳐 무안
했던 몇 순간을 지나쳐 금세 술술 페달을 밟게 되었다. 그다지 의
외는 아니었다. 그맘때는 이미 자전거를 타는 일보다 몇 배는 더
어려운 일을 몇 가지나 해냈으니 겁낼 필요가 없었던 거다. 망설
이지 않고 페달을 구르니 자전거는 어려울 것 없이 잘만 나갔다.
하여, 난생처음으로 쾌청한 속도와 바람을 즐긴 이후로 나는 며칠

이나 연속으로 따릉이를 빌려서 달리고 또 달렸더랬다. 익히고 나서야 알 수 있었던 사실이지만, 나는 안장 위에서 바람을 맞을 때 퍽 산뜻한 행복을 누리는 타입의 인간이었다. 지치지도 않고 페달을 구를 수 있는 인간이었고, 느리게 지나가는 풍경을 지루해하지 않는 인간이었다. 그 후, 페달을 밟으며 쌓은 즐거운 기억들이 어느새 한가득이다. 그 말은 즉, 만약 자전거를 몇 해 더 일찍 익혔더라면 더욱 다양한 세계에서 그 행복을 누릴 수 있었을 거란 의미였다.

일례로, 앞전에 함께 체스를 뒀다는 그 친구와 도쿄에 머무른 적이 있다. 그 중 하루는 24시간 패밀리 레스토랑에서 밤을 새운 뒤, 첫차를 타고 아사쿠사에 도착해 자전거를 빌렸다. 이른 아침부터 저녁 늦게까지 일일 대여 비용은 단돈 300엔이었다. 우리는 아침 공기를 듬뿍 들이마시며 도쿄 일대를 쭉 내달렸다. 5월 초, 푸른 상록수로 가득한 도심 곳곳에는 벚나무의 꽃잎도 활짝 만개했다. 긴자선을 따라 메이지 진구 구장과 국립경기장을 지나쳤고, 메이지 신궁의 커다란 외벽을 타며 정말 오래도록 페달을 밟았다. 그리고는 하라주쿠와 오모테산도 구석구석을 탐닉했는데, '빔즈'에서 '크롬하츠', '리'에서 수많은 빈티지 숍, '스투시', '꼼데가르송', '슈프림', '노아' 등, 걸음으로는 완전히 지쳐 버릴 동선을 두어 시간 만에 해치웠다. 눈치 빠른 우리는 도쿄의 현지인들이 좀처럼 벨을 울리지 않는다는 사실을 알고, 그들이 그렇게 하듯 벨은 울리지 않으며 페달을 밟았다. 도쿄에는 얼추 열 번쯤 다녀 온 것 같은데, 그날이 도쿄라는 도시에 가장 완벽히 동화되어 보낸 하루였다. 반납 기한을 딱 1분 남기고 대여소에 도착하자 주인장은 작은 사무실에서 뛰쳐나와 온종일 춘향을 잔뜩 머금고 돌아온 우리를 반갑게 맞아줬다. 우리는 미리 연습해 둔 덕분에 즐거웠습니다, 하는 인사말을 건네고는, 얼얼한 엉덩이를 이끌고 숙소까지 걸었다. 샤워 후에 맥주를 마시러 다시 나오기로 한 다짐이 무색하게, 다음날 오후까지 뻗어 버렸지만 말이다.

긴자선을 따라 아사쿠사에서 하라주쿠까지. 그리고 또 하라주쿠에서 아사쿠사까지. 불광천을 따라 증산에서 합정까지. 강변을 따라 뚝섬유원지에서 잠실까지. 안개가 자욱한 청초호를 하염없이 내달린 순간들을 떠올리면, 확 살아갈 맛이 난다. 식사에 앞서 새초롬한 오미자를 마시고 입맛이 돌 듯 말이다. 다 찍은 필름 몇 롤을 주머니에 넣고 현상소로 향해 페달을 구르자면, 당장 포르쉐를 끌지 못하는 처지가 꼭 초라하지만은 않게 느껴진다. 어쩌면 자전거의 속도란 세상을 가장 산뜻하게 지나치는 권장 속도로써 설정되어 있는지도 모르겠다. 낯선 타지에 동요되어 그곳의 거리를, 사람을, 미묘한 디테일을 경험하는 일, 안장 위에서는 속도를 낼 수 있다. 그러니 모쪼록 이듬해 봄에는 마스크를 벗고 어디론가 떠나 페달을 구르며 마음껏 바람을 쐬고 싶다. 서랍 한 편에 처박힌 체스 세트도 바깥 공기가 못 견디게 그리울 터. 봄이 돌아오면, 모쪼록 맨 얼굴로 마음껏 자전거를 탈 수 있는 날이 돌아오면, 꼭 바람을 쐬 주기로 한다.

능숙하지 않다는 이유로 냉소적으로만 바라보는 것들, 내 삶엔 몇 가지나 더 남아 있을까. 이렇게 한 가지씩, 한 가지씩 친해지다 보면, 내 행복의 외연은 얼마나 더 확장될지 못내 기대가 된다. 달리 말해 이것저것 미숙한 게 많은 오늘의 내 처지도 꼭 나쁘지만은 않은 거다.

새벽의 다정함

그저 제 몫을 다해 익숙한 모양대로 흘러가는 나날이라 생각했다. 그러나 그것이 언제부턴가 견딜 수 없이 무거웠다. 고약한 번아웃. 그것은 여름 말미에 불어오는 찬바람처럼 불현듯 찾아왔다. 불가항력의 무력감은 내 안에 자리를 잡고, 착실히 몸집을 불려 나갔다. 무언가 결단을 내려야만 하는 순간이 다가오고 있다는 실감에 시달렸다. 쫓는 이 없는 추격전. 꼭 제 그림자를 피해 달아나는 꼴이었다. 삶을 무너뜨리려는 징조는 언제나 그런 식이었다.

그러나 지나쳐 온 삶 또한 그다지 쉬웠던 적 없다. 내 안에는 역시 덩치 좋고 호탕한 오기가 남아 있다. 쉽게 무너져 줄 생각은 없기에 고삐를 붙들어 맨다. 좀처럼 내지 않던 용기를 내기도 하고, 다해 본 적 없는 진심을 담아 마음으로 춤췄다. 그럴 때 보상처럼 찾아오는 일시적인 만족감은 분명 달콤했다. 초라하기만 하던 어젯밤의 환멸이 잠시 소등하는 것이다. 하지만 그조차도 달력 몇 장 넘어가고 나면 또다시 커다란 무력감으로 변해 보복을 가하는 일이 반복되었다. 용케 일 년쯤 버텼더랬지. 필요 이상의 두려움이라는 자각은 분명 있었지만, 진실이 어떻건 나는 힘 싸움에서 밀리기 시작했다. 눈 꾹 감고서 죽어라 치고받았는데, 문득 주변을 살피니 낭떠러지 끝에 몰려 있었다. 상대는 없다. 그럼 난 자꾸 누구한테 처맞던 걸까. 마지막까지 어떻게 해 보려는 시점에는 하필 돌풍이 불었다. 하늘에게 무슨 좋은 뜻이 있으려나? 아뿔싸. 반짝반짝 빛나던 내 안의 무언가. 절벽 밑에 떨어뜨리고 말았다.

그맘땐 좀처럼 인정하기 어려웠다. 아니, 똑바로 인지하기 어려웠다. 낭떠러지 끝에서 목숨만 건져 돌아온 그 날, 잃어버린 것이 무엇인지. 그건 새로 산 노트북도, 열심히 사 모은 레코드도, 오래도록 벼른 파리행 비행기 표도 아니었다. 손을 뻗으면 잡힐 것만 같았던, 머지않아 현실이 될 거라고 믿었던, 서서히 가까워지고 있음을 똑똑히 실감했던 '꿈'이었다. 가장 가까이 가 보았던 꿈. 내 안에는 이제 그와 같은 것이 없다는 걸 깨달은 어느 날, 나는 얼마나 오래도록 그 시커먼 절벽 밑을 내려 봤던가. 얼마나 애달픈 마음으로 그 쓴 술을 목구멍에 흘렸던가. 오늘의 나는 여전히 기억 속 아득한 곳에서 그 무렵의 모습을 떠올리곤 한다.

꿈을 잃어버렸던 내겐 하루의 경계라고 할 게 없었다. 예컨대 낮과 밤이라는 이분법, 혹은 아침, 점심, 저녁이라는 삼분법, 또는 일주일은 하루가 일곱 번이고, 한 달은 서른 번이라는 식의 사회적 합의를 완벽히 위반하는 엉망진창의 생활을 향유한 거다. 내가 사는 오피스텔은 칸이 없는 달력이었다. 내가 사는 행성은 눈금이 없는 시계였다. 시침의 바늘 끝은 온종일 허공을 가리키며 어지러이 회전했고, 창에 걸린 싸구려 흰색 블라인드는 제 역할을 지독히 잘 해냈다. 덕분에 침대 위로 비스듬히 비친 햇빛이 눈까풀을 뚫고 들어와 나를 잠에서 깨우는 일은 없었다. 기묘하리만큼 잠이 쏟아졌다. 자고 또 자도, 잠시 뒤에 또다시 졸음이 밀려왔다. 그러한 과수면 증상은 필시 정신 건강의 복잡한 메커니즘이 종용한 바였다. 아무튼 좋지 않은 신호로서 말이다. 하지만 진짜 대단했던 그해 폭염의 위엄을 남들의 절반도 모르던 나는 계속해서 잠을 쏟아부으면, 밑바닥에 남은 얼룩조차 언젠가는 깨끗해질 거라고 믿었다. 그래서 앞으로 얼마나 더 잠들어 있어야 하는 것인지 모른 채 수면의 바다 한가운데 띄워 놓은 보트에 올라타 물결을 따라 그저 조용히 유랑할 뿐이었다.

이불 밖에서의 일과는 간단했다. 잠에서 깨어나면 다시 잠이 들 때까지 노래를 들으며 책을 읽는다. 오래 굶었다 싶을 때면 집 앞으로 나가 햄버거를 하나 씹는다. 그러다 못내 우울해지면 산책을 하고, 비가 쏟아지는 날이면 혼자서 영화관을 찾아 인기 없는 영화를 봤다. 눅눅한 상영관을 혼자 거닐며 말 한마디 없이 영화 두 편을 연달아 보는 건 손에 꼽게 재미난 이벤트였다. 단지 그 정도로 시간은 놀라울 만큼 빠르게 흘러갔다. 다행이랄까. 불어오는 시간이 머리칼과 옷깃을 격정적으로 흔들며 난폭하리만큼 빠른 속도로 지나쳐가는 거였다. 여러 가지 일들이 그날들을 경계로 서서히 뒤바뀌기 시작했다. 그리고 한번 바뀐 일은 좀처럼 제자리로 돌아오려 하지 않는다. 몽롱한 기억일지언정 그 시간을 온몸으로 지나쳐 온 게 지금의 나인 것이다. 여전히 여러 문제를 떠안고 있지만, 나는 이렇게 두말할 것 없이 잘 살아가고 있다. 잘 살아간다는 것이 어떤 건지는 여전히 알지 못한다. 하지만 불완전이 무엇인지는 알고 있기에 오늘의 나는 잘 살아가고 있다고 얘기한다. 그런데 최근 며칠, 지나간 무렵의 반사회적 일상을 부쩍 자주 떠올린다. 이런저런 이유로 또다시 낮과 밤의 경계가 불투명해진 탓이다. 다행히도 이전처럼 번아웃 혹은 불면증, 불안장애와 같은 이유는 아니다. 단지 장기화 된 사회적 거리 두기로 좀처럼 바깥을 나설 일이 없다 보니, 영 이렇게 되고 만 거다. 그러고 보면 꼭 병들어 버린 젊음이 아니래도 얌전히 집에만 있으려면 굳이 낮에 깨어 있어야 할 이유 따위 없는 모양이다.

세상에서 오빠가 제일 좋다는 우리 집 강아지 가을이조차 새벽이면 다른 침대에서 잠을 잔다. 그리고 왜 때문인지 예전처럼 새벽이 깊은 김에 함께 날을 새자고 하는 이들도 더 이상 나타나지 않는다. 나에게서 좋은 말벗의 자질이 사라져 버린 걸지도 모른다. 혹은 타인의 눈에 비친 나는 예전만큼 매력적인 사람이 아닌 지도 모른다. 그렇다면 역시 재빨리 위기감을 감지하고는 분발해야 하는 걸까? 그런 생각은 하지 않으려고 한다. 대신 오히려 '혼자' 남는다는 점에서 새벽의 은혜를 입고자 한다. 온전한 1인분의 새벽을 구축해 나감으로써 혼자라도 얼마든지 가치 있는 시간을 가질 수 있다는 것을 스스로 증명하는 것이다. 별안간 안 하던 짓을 무리해서 하는 건 아니다. 평소 매일은 아니더라도 내킬 때면 한두 시간 푹 빠져 버리던 행위들을 몇 가지씩 짝지어 지긋이 나열하는 게 전부다. 이를테면 책을 읽거나, 스트레칭을 하거나, 일기를 쓰고, 좋아하는 노래의 가사를 옮겨 적거나 하는 것들. 사소한 행위가 단지 새벽이라는 이유로, 또 혼자라는 이유로 온전한 가치를 부여받는다. 그들로부터 동이 틀 때까지 보호받고 있노라면 문득 마음속을 메우고 있는 농밀한 중심을 느낄 수 있다. 과거의 내겐 정말로 희미했던 그것이다.

혼자라는 이유로 외로움에 사무치지 않는다는 거, 세상에 등을 지고도 어깨를 움츠리지 않는다는 거, 잠시 잠깐의 피폐로 인해 필요 이상 무너져 버리지 않는다는 거. 혼자를 향유하고, 새벽을 유랑하는 거. 그런 것들을 품위를 잃지 않고 해낸다는 거. 우아하게 즐기고 만다는 거. 어쩌면 잘 살아간다는 것은 그 정도 요건만으로 완성되는 것이 아닐까. '새벽'과 '고독'은 부정적인 의미로서 오랜 시간 오해를 받아 왔지 싶다. 그럼에도 그들은 묵묵히 단란한 안식처를 내어 준다. 몇 시간이 고작이지만, 하루도 빼먹지 않고 곁에 있겠다며. 그러니 필요할 땐 잠시 쉬어 가라고. 그리고 때가 되면 언제라도 떠나가라고. 새벽은 매일 그런 얘기를 나직이

속삭이며 우리의 지친 발길을 기다리고 있는지도 모른다. 볕을 옷
도는 다정한 마음이다.

♥

잠을 낮에 자면 좋은 이유 중 한 가지는 잠자는 동안 좋아하는 음악을 실컷 커다랗게 들을 수 있다는 점입니다. 음악에 감동하기 가장 좋은 때는 물론 잠결입니다. 그것도 옅은 잠결에서 커다란 소리로 들을 때.

새벽 동안에는 이웃 간의 평화를 위해 노래를 크게 듣지 못합니다. 헤드폰이나 이어폰을 사용할 수는 있지만, 그럴 시에는 베개 자리가 불편하기도 하고, 귀에 직접 쏘는 소리를 오래 듣고 있으면 영 부담스러우니까요. 게다가 공간감이 배제된 음향은 어딘가 얼음 없이 마시는 위스키처럼 고약합니다.

반면, 낮 동안에는 노래를 크게 들어도 뭐라 할 사람 하나 없기에 마음껏 음악에 심취할 수 있습니다. 잠결에 뒤척이며 내가 좋아하는 노래로 가득한 시공간을 어렴풋이 자각하는 겁니다. 적당히 달콤한 샴페인을 입 안에 흘려 넣듯이 음악이 나를 살포시 끌어안는 시간입니다. 바닥을 메우는 저음역과 사방을 뛰노는 고음역, 잘 지은 멜로디와 노랫말, 그리고 친애하는 목소리. 수면의 파장도 음악과 함께 요동쳐 꼭 실제보다 오래 잔 기분마저 느낄 수 있습니다. 현실의 감각은 죄다 잊어버리고 마는 환락의 순간입니다.

확실히 글쓰기는 옳는 거다

아리스토텔레스는 〈시학〉에서 인간은 본성에 내제된 원인에 의해 현실을 모방한다고 얘기했다. 하지만 여러 모방의 형태 중 글쓰기에 한해서 내 의견은 다르다. 나는 글쓰기의 시작에 관하여 떠들 기회가 주어질 때마다 공연히 같은 얘기를 하고 있다. 고작 나 정도 되는 인물이 아리스토텔레스에게 반문을 드는 게 황당해도 어쩔 수 없다. 글쓰기는 확실히 옳는 거다. 그것의 전파자는 소위 '문호'라 불리는 이들이기도 하지만, 소싯적 동경했던 한 여자애가 될 수도 있고, 군대에서 일지를 적던 한 남자애가 될 수도 있다고. 내게 글쓰기를 옮긴 최초의 전파자는 오늘의 내가 존경해 마지않는 작가들이 아니었다. 멋진 글과 멋진 글을 쓸 줄 아는 이들을 동경하던 한 여자애였다.

다른 곳에 이미 적은 적이 있는데, 내가 본격적으로 글을 쓰기로 마음먹은 건, 그 애와 헤어진 고교 시절 이후 수년 뒤의 일이었다. 그간 나는 내가 글을 쓸 수 있을 거라는 생각은 전혀 하지 못했다. 쓰게 될지도 모른다는 생각 또한 당연히 해 본 적 없다. 언제부턴가 소설 읽는 걸 좋아하게 됐지만, 책을 읽고 있는 내 모습이 스스로조차 어색해 남몰래 숨어 읽던 나였다. 독서력을 빼고도 나와 글쓰기는 한없이 동떨어진 사이에 불과했다. 스스로 가벼운 성품이라고 생각지는 않지만, 마찬가지로 특별히 진중한 인간으로 보이지도 않는다. 의외로 똑똑한 구석이 있다는 게 몇 안 되는 장점으로 꼽히지만, 그건 어디까지나 의외적인 면모에 불과할 뿐, 정작 무언가 중요한 사안에 관해서는 흐릿한 자기 입장조차 없다. 그 사실을 남보다 나 자신이 지나치게 잘 알고 있었다. 그래서 "나 앞으로 글을 쓸 거야." 하는 말이 그다지도 어려웠다. 하지만 어떻게든 말해야 했다. 입 밖에 내지 않으면, 아무것도 현실로 만들지 못할 것만 같아서. 소리 내어 입 밖에 내야 시작될 것만 같아서.

그런 뒤로 시간이 흘러 나의 글쓰기는 여기까지 이어졌다. 내게 재능이 있는지, 혹은 영 가망이 없는지는 가늠이 잘 안 된다. 사실 그런 종류의 사안은 당사자가 제 마음대로 판단해서는 안 되는 걸지도 모른다. 다만, 그 재능이라는 것에 뻔뻔하게 계속 쓰는 것이 포함된다면 내게도 최소한의 재능은 있다고 본다. 잠시 다른 얘기지만, 무용수의 길을 걷던 때에는 매사 뻔뻔하지를 못해 인생이 고달팠더랬다. 온갖 걸 다 망설이고 뜸 들이는 무용수는 최악이니까. 체스보드에 올라간 바둑알 같은 거니까. 그런데 어쩐지 글을 쓸 때에는 꽤 뻔뻔하다. 이글의 서문처럼 아리스토텔레스에게 반문을 하기도 하고, 이렇듯 자기비하를 빙자해 마치 글깨나 써 본 사람처럼 구는 데에 소질을 보이는 거다.

지난여름 첫 책이 출간됐다. 오래 버티지는 못했어도 한동안 베스트셀러 딱지도 붙어 있었으니 나름대로 선방했다고 볼 수 있다. 서점 매대에서 내 이름을 찾을 수 있게 된 뒤로 편리해진 점은 근황을 묻는 말에 일관된 대답을 할 수 있게 되었다는 것이다. 함부로 얕보이지도, 그다지 잘나 보이지도 않아 점잖게 들릴 대답. 책을 쓰고 있어요, 하고 초연하게 말할 수 있게 되었다. 그 대답에는 좀처럼 상대가 뚫고 들어갈 지점이 없다. 책이 얼마나 팔리는 작가인지와 같은 사안에 대해서 궁금해하는 사람은 일단 드물기 때문에. 기껏해야 신기하다는 반응 혹은 어떤 글을 쓰냐는 질문 정도를 받게 된다. 그러면 더도 말고 덜도 말고 제가 할 수 있는 얘기를 골라 쓰는 거죠, 하는 식으로 대답해 버리면 그만이다. 그러한 처지에 대해서 좋다, 혹은 나쁘다, 한 마디로 딱 잘라 말하기는 어렵다. 내게 책을 쓰는 일은 한없이 즐거운 일인 동시에 사람을 지독히도 못살게 구는 행위이기 때문이다. 정말이지 어느 한쪽으로도 기울지 않는 부동의 중립구간이다. 놀라울 만큼 섬세한 5대5.

근래 독서량이 눈에 띄게 줄어들었다. 책 읽는 일 자체에 흥미를 잃은 건 아닌데, 어쩌다 서점에 들어가 구경을 하고 있으면, 읽고 싶은 책 5권을 구입할 돈을 벌기 위해서는 내 책 몇 권이 팔려야 하는 걸까, 하는 셈이 단번에 들고 마는 거다. 일단 등가 교환으로서의 오류는 없지만, 어쩐지 환율이 조금 이상하지 싶다. 커피 한 잔 사 마실 돈을 벌기 위해 열 사람에게 커피를 팔아야 했다면, 지금처럼 온 세상이 카페로 가득하진 않았을 텐데. 이런 얘기를 하면 나중에 후회할 지도 모르지만, 현재로서 내가 인세로 벌어들이는 수입은 커피값을 겨우 충당하는 수준이다. 책이 전혀 팔리지 않는 것도 아니다. 커피를 무지막지하게 사 마시는 것도 아니다. 그러나 틀림없이 커피값이 고작이다. 형편이 갑작스레 나아져서 마침내 커피값을 웃도는 돈을 벌어들인다 해도 그다지 마음 놓고 기뻐할 수 없다. 당연한 얘기지만, 사람이 커피만 마시고 살아갈 수야 없는 것이다. 커피는 단지 의자에 앉아 있는 동안 태우는 노동 연료에 불과하다. 그러나 내겐 책상 앞이 아닌 곳에서의 커다란 삶이 있다. 그리고 그 커다란 세계란 커피를 사 마시는 일 말고도 끊임없는 대가를 요구하는 곳이다. 애초에 돈을 왕창 쓸어 담겠어, 하는 마음가짐으로 글을 쓰는 사람은 별로 없겠지만, 선방을 해 봐야 커피값에 허덕이는 현실이 마냥 즐거울 리도 없다. 요즘 하는 생각인데, 커피값 따위 고려하지 않는 이들만이 커피 본연의 맛을 즐길 수 있는 건지도 모르겠다. 뭐, 이렇게 말은 해도 커피 본연의 맛 같은 건 평생 몰라도 그만이라는 것이 나의 입장이지만 말이다.

　　어쩐지 신세 한탄처럼 되어 버렸는데, 내가 하려는 얘기는 당장 글쓰기를 계속해 이어 나가기 위해서는 간간히 벌어들이는 돈 이외의 어떤 대의명분이 필요하다는 거다. 어째서 쓰는가를 바로 알기 위해서는 나에게 있어서 글이 무엇인지를 먼저 알아야 한다. 나는 책을 통해 세상과 단절되는 동시에 또한 연결되기도 했다. 무언가와 가까워지는 동시에 멀어지는 것이 지면 위에 흐르는 특수한 자기장이었던 것이다. 삶이 대수롭던 때에도, 하등 대수롭지 않던 때에도 책을 가까이했다. 그렇다면 책을 읽는데 지불한 노고와 시간을 대가로 나는 무엇을 얻었던가. 지능이 조금은 향상되었을까? 조금쯤 더 성숙한 인간이 되었을까? 너희가 나한테 해준 게 뭐니, 하고 묻는 말에 책장에 꽂힌 책들은 아무런 대답도 하지 않는다. 우두커니 옆얼굴을 비출 뿐이다. 책은 극도로 생색내지 않는다. 그래서 훌륭한 책이 세상에 공헌한 바가, 책을 읽던 어젯밤의 내가 스스로의 삶에 공헌하는 바보다 더 중요한 일인지, 나는 분간할 수가 없는 것이다. 글은 나에게 그런 것이다. 다른 무엇보다 나에게 공헌하는 일이다. 스스로 이바지하는 일이다. 여기서 '나'는 한 명의 인간에 불과하다. 결국 나는 한 인간을 위해 읽고 쓰는 것이다. 글과 책은 세상을 향해 소리를 칠 수 없다. 단지 한 명의 인간을 붙잡고 지긋이, 나직이 상대할 뿐이다. 그 대상은 나 자신으로부터 시작해 몇몇의 다른 이들에게 옮겨간다. 그렇게 조금씩, 천천히 글과 독자의 호응은 서서히 세력을 확장해 나간다. 스스로를 위했던 행위가 타인에게 옮겨가기를 반복하고, 훗날엔 그 전체의 빈틈없는 호응을 다시금 나를 위하는 일로 만드는 것. 그것이 내가 바라는 바이다. 쓰고자 하는 무엇이다. 즉, 쓰는 이유 자체인 것이다.

그러기 위해서는 내 '작품'을 만들겠다는 마음을 지니지 않으면 안 되지 싶다. 내 안의 이야기와 상상력을 소중히 여기는 일. 일일이 하나의 작품으로 여기는 일. 요컨대 글쓰기를 예술로서 대하여만 한다. 억지로 떠먹이는 요플레처럼 되어서는 안 된다. 그동안 내가 책을 사는 데 사용한 돈을 얼추 계산해 봤다. 대충 어디 파티 같은 곳에 갈 때 손목에 걸, 이름 있는 브랜드의 시계를 하나 장만할 정도지 싶다. 저 책들이 모두 사라지고, 반짝거리는 손목시계 하나 남는 상상을 하자 끔찍한 기분이 들고 만다. 시계 좋네요, 하고 알아보는 누군가의 너스레에 속없이 으쓱거리는 내 모습을 상상하면, 아름다움 같은 건 하나도 모르는 바보가 되는 기분이라서, 콱 사라져 버리고 싶은 심정마저 들고 마는 것이다.

스스로를 위하는 이들은 하나 같이 책을 읽는다. 위하기로 작정한 이들도 책을 읽고 있다. 오늘이 아니더라도, 내일이 아니더라도, 혹은 이번 달이 아니더라도, 언젠가 위하게 될 이들은 그날이 오면 틀림없이 책을 읽게 될 것이다. 나는 세상의 파멸을 위해 쓰인 책을 구경해 본 적이 없다. 타인의 불행을 위해 쓰인 책 또한 읽어 본 적 없다. 어쩌면 그런 책은 이미 어떤 세력에 의해 모조리 파괴되었는지도 모른다. 그래서 결국 오늘날에는 인간을 위하는 책만이 살아남게 된 것이다. 그렇다면 모쪼록 나 또한 인간을 위한 글을 써서 정의의 심판을 면하는 쪽이 신상에 이롭지 않을까, 하는 생각을 해 본다.

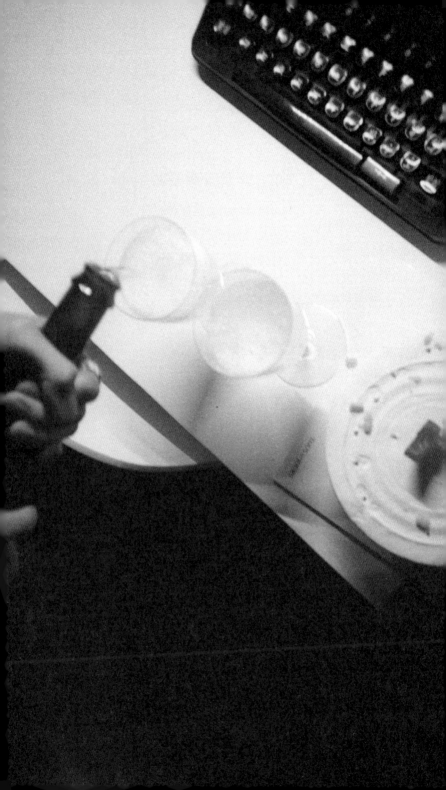

피다 만 꽃도 꽃인걸

알고 보면 그다지 엉뚱한 일도 아니지만, 가끔은 나 자신과 예술을 분리지어 생각하는 것이 어색할 때가 있다. 예컨대 백지 앞에 앉아 첫 문장을 고민할 때, 혹은 컵라면에 물을 붓고 기다리는 3분 내지, 또 때로는 뒤척이는 새벽 이불 속에서 어? 근데 나 예술 되게 좋아하네? 하고 잠깐 당황해 버리는 거다.

한 가지 아이러니한 점은, 정작 무용수로서의 삶에 충실하던 때에는 '예술'이란 문자 자체를 극도로 낯짝 뜨겁게 여겼다는 것이다. 내가 걷는 길을 당당하게 여기지 못했다거나 부끄럽게 여겼다는, 그런 얘기는 아니다. 단지 내겐 나의 정체성을 조금 더 담백하게 설명할 수 있는 다른 말이 필요했고, 예술은 내가 다닌 학교를 설명할 때야 가끔 입에 올리는 어쩐지 기름진 단어라고 여겼던 거다. 예술을 한다는 사람들이 그것에 대해 얘기하며 필요 이상으로 진지해진다거나, 와 닿는 구석이 하나도 없음에도 강한 확신에 사로잡히는 모습은 오래전부터 견디기 어려웠다.

헌데 예술의 중심으로부터 얼마간 멀어진 어느 날에서야 사실 내 삶의 거대한 흐름이 예술을 향한 동경과 갈망 같은 것들로 이루어져 있음을 불현듯 실감했다. 차근히 들여다보니, 내 안의 결핍, 희망, 평안 모두 예술 아래 매달린 것들에 불과했다. 그러한 성찰은 마치 목성이 온통 기체로 이루어져 있다는 사실과도 같았다. 이러쿵저러쿵 살아가다 보면 깜빡 잊어버리기 십상이었던 거다.

예술의 감성적 가치가 배척된 세상은 도무지 일주일도 머무를 수 없을 것만 같다. 그건 사랑도, 우정도, 어떤 일상적인 행복과 기쁨조차도 결코 대신하지 못하는 영향력을 예술이 내게 행사하고 있다는 뜻이다. 블랙잭 게임 도중 좋은 카드를 잡을 때, 사랑하는 사람의 마음을 온전히 확인할 수 있을 때, 잠결에 듣는 음악이 진짜 기막힐 때만큼 강렬한 도파민을 예술은 내게 제공한다. 어디서 시작됐는지 모를 거대한 물결. 나는 어느 날에 정신을 잃고 그 안에 몸을 내던진 걸까.

예술을 사랑한다고 말하지만, 한 번도 내 것을 가장 사랑해 본 적은 없었다. 움직임도, 도약도, 몸의 미학도. 소설도, 사진도, 영화도, 나는 내 것보다 더 나은 것들을 너무 많이 알았다. 그것들은 때로 지나치게 빛이 나는 탓에 나를 좌절시켰지만, 그 덕에 두 눈을 감고 대책 없이 사랑에 빠져버리곤 했다. 사랑에 빠진다는 건, 또 하나의 사랑을 알게 된다는 것이다. 친애하는 나의 뮤즈들은 자신의 예술에 사랑하는 방식과, 태도, 또 그로 인해 맺은 결실

을 담아냈다. 누구는 글을 썼고, 누구는 셔터를 눌렀고, 누구는 물
감을 사용했다. 누구는 춤을 추었고, 누구는 음을 지었고, 누구는
연기했다. 그들을 동경함으로써 내가 배우려 했던 것은 언제나 예
술이기 이전에 스스로 알지 못했던 또 하나의 사랑이었다. 그들의
예술을 마음에 새긴 채로 세상을 배회할 때, 나의 두 눈은 쉬지 않
고 사랑을 탐구했다. 그로 인해 참을 수 없이 강렬해진 욕망은 달
아오른 입술을 통해 고백 되곤 했던 것이다.

　　3년 전, 일하던 카페 지하실에 세를 얻어 동료 둘과 함께 전
시를 열었다. 전시 첫날, 관람객이 지하실 문을 열고 들어오던 첫
순간을 두고두고 떠올리곤 한다. 한 차례 열린 문으로 사람들이 줄
지어 들어왔다. 가장 추운 겨울이었음에도, 예술을 품에 새긴 이
들은 집 밖을 나섰고, 문 앞에 줄을 섰다. 그 모습을 지켜볼 때 나
는 예술이라는 것을 마치 내 손에 쥐고 있는 것만 같았고, 꼭 그 한
가운데 서 있는 기분을 느꼈다. 그토록 사모하던 세계의 정중앙을
차지한 것이었다. 이제는 내가 그들에게 알려 줄 차례라고 생각했
다. 당신들이 미처 몰랐던 또 하나의 사랑에 관하여. 당신들 품 안
의 투명한 하트를 더 맑고 커다란 것으로 만들 또 한 명의 뮤즈에
관하여.

　　동료 둘과 함께 꾸린 프로젝트였다. 앞서 세 달을 떠들고,
일하던 카페 지하실에 세를 얻어 두 달간 작업했다. 그곳에서 우린
이 주 동안 작업을 선보였다. 우리 모두가 러닝 타임 내내 퍼포먼

스를 이어가야 했기에 전시 당일 필요한 갖가지 실무를 각자의 소중한 사람에게 부탁했다. 그들 모두가 함께하게 되어 기쁘다는 듯 동참하여 주었다. 나는 두 달간 매일 몇 시간씩 지하실에서 수동식 타자기로 글을 썼다. 소란스러운 타건음을 연거푸 울려 대며 미색 중질지 위로 떠오르는 거라면 뭐든 뱉어냈다. 누구에게도 한 적 없는 은밀한 비밀을 적기도 하고, 커피를 너무 많이 마셨는지 화장실이 급하다는 둥, 글이 쓰기 싫어 죽겠다는 둥, 영 허접한 얘기를 적기도 했다. 몇 주에 거쳐 여러 밤을 새고 나니, 조작법이 복잡한 수동식 타자기에 손이 익어 노트북으로는 글을 쓰기 어려운 지경이 되었다. 그렇게 쌓인 천 장가량의 일부를 넓은 벽에 오려 붙였다. 나머지 대부분의 글은 아무것도 적히지 않은 종이 뭉치와 함께 방 안에 묻어버렸다. 방 안이 구겨진 종이 뭉치로 가득 찼다. 나는 그 안에 기타 앰프도 함께 묻어 두었다. 앰프에 긴 케이블을 연결해 방 밖으로 빼두었고, 기타 소리에 특수한 소리를 더하는 이펙터와 기타를 준비했다. 내가 그런 작업을 할 동안, 동료들은 자기들의 작품을 꾸려나갔고, 하루가 다르게 음침한 지하실은 우리들의 작품으로 메워져 갔다. 우리는 그 안에서 쉼 없이 고민하고, 마찰을 빚고, 의미를 찾아가며 한겨울의 길고 긴 새벽을 견뎌냈다.

순환의 불완전함과 덧없음을 재현한 작업이었다. 두 달간 쌓인 영감이 벽면을 가득 메웠지만, 그 또한 이내 방 안을 가득 메운 무덤으로 향하게 될 거라는. 러닝타임 내내 기타를 만져 방 안으로 신비로운 소리를 불어 넣었다. 즉석의 감흥대로 만들어 낸 소리가 방 안을 떠돌았다. 그러나 그 공허한 울림은 내가 연주를 멈추는 즉시 이렇다 할 성과도 없이 금세 멎고 말았다. 다만, 관객이 벽에 붙은 글을 읽는 동안, 또 종이 뭉치로 가득한 방 안에 머무는 동안 그 소리는 그들의 시상을 관통해 머릿속으로 흘러 들어갔다. 그렇게 나의 소리는 그들의 기억 속에 갇혀 언제까지고 그 안을 떠다니게 된 것이다.

타자기를 통해 실체를 갖게 된 영감, 매 순간 새로 떠올라 연주되는 생생한 영감, 그리고 시간이 지나 빛을 잃고 죽어 버린 영감. 그리고 그 순환의 중심에 서 있는 나. 그 덧없는 순환을 구현해 내고 싶었다. 덧없기는 매 순간 사람이 갖는 인식과 의지 또한 마찬가지이다. 그래서 결국 나를 더 나은 작가로, 더 좋은 사람으로 변화시키는 건, 한 순간의 영감이 아닌, 탄생과 완성 이후 소멸의 반복이 만들어 내는 심상의 퇴적, 즉 무척이나 느린 무언가일 것이라는 게 나의 결론이었다.

한순간의 매료와 환락은 물론 아름답다. 그러나 예술의 위대한 가치는 한 사람의 머릿속에 오래도록 남아 주관과 존엄에 개입하고, 미학과 감성의 심미안을 길러내며, 때로는 위로를, 때로는 자극을, 때로는 절망을 안겨다 준다는 것이다. 그리고 어느 때에는 황금마차를 타고 나타난 태양의 신처럼 희망과 승리를 노래한다. 예술은 그를 통해 만물의 의미를 보존하고, 각색함으로써 사랑의 멸종을 거부하는 것이다. 그렇기에 실체도, 절대적인 목적도 없는 한 가지 학술이 우리들의 정신적 유토피아 그 자체로서 우뚝 솟아 있다. 사랑에 대하여 더 많이 알고 싶어 하는 우리들의 욕망을 충족시키는 위대한 순수 개념으로서 말이다.

예술가의 기질을 한 차례 갈고 닦은 사람은 죽는 그 날까지 잠재적 예술가의 운명을 걷게 된다. 예술이란 그러한 주술이자, 저주이기 때문이다. 불이 켜졌던 꺼졌던 내 방이 나의 방이듯이, 당장의 형편이 어떻건 그의 삶은 이미 예술적 열망이 내포된 시각으로 이루어진다. 때문에 기회가 주어진다면, 혹은 기회를 만들어 내기만 한다면, 언제든지 작품 속으로 뛰어들어 자신만의 예술을 창조해낼 수 있다. 다시는 춤을 추지 않겠다고 결정했던 때, 나는 나의 지난 시간이 전부 죽어버린 줄로만 알았다. 하지만 사실은 달랐다. 죽어버린 것은 아무것도 없었다. 예술가에게 요구되는 어떤 특별한 소양을 나는 이미 한 차례 극도로 고양시킨 것이다. 예술의 중심을 바라보고 있는 한, 내 삶은 결코 초라할 수 없었다. 내겐 예술가로서의 여러 자질이 이미 완성되어 있다. 그러니 내 지난날의 가치는 앞으로도 나의 영혼을, 나의 예술과 사랑을 빛낼 것이다.

자신이 무엇을 원하고, 무엇을 향해 나아가고 있는지, 지향점을 인지하는 것은 무척 중요한 일이다. 삶은 잠시도 제자리에 멈춰 있지 못한다. 때때로 우리들은 자신의 삶이 무엇을 쫓는지 알 수 없는 지경에 다다르고 만다. 그리고 그것은 우리가 무엇인가에

쫓기고 있다는 반증이기도 하다. 어쩌면 당신은 정말로 무언가에 처절하게 쫓기는 중인지도 모른다. 그러나 그런 처지일지라도, 지향점은 필요하지 않을까. 효과적으로 달아나기 위해서는 당장의 목적지가 필요한 것이다. 어느 곳을 향해 훌쩍 달아날 것인지, 그 또한 삶의 훌륭한 표적이 되기도 한다.

그래서 나는 이 원고를 기점으로 더 이상 '예술'을 발음하는 일을 낯부끄럽게 여기지 않기로 했다. 좋다 말아도 애정이었다. 밉다 말았어도 증오는 증오이기에. 피다 만 꽃도 꽃인걸. 가슴 속 못다 핀 꽃 한 송이, 영원한 숨을 불어주기로 한다.

피다 만 꽃도 꽃인걸

피다 만 꽃도 꽃인걸

피다 만 꽃도 꽃인걸

그해 여름, 손님

언제라도 덜컥 마음을 내어 주고 싶은 누군가가 그렇듯, 몇 번을 봐도 좋은 영화가 있다. 그러한 누군가를 새로 만나는 일에 비할 바는 아니지만, 그러한 영화를 만나는 것 또한 그다지 쉬운 일은 아니다. 요컨대 세계에는 감각적인 영화들이 서울의 아파트만큼 많기 때문이다. 좋네, 다음에 또 봐야지, 하는 영화야 간간히 맞닥뜨리지만, 앞서 말했듯 세상에는 여느 훌륭한 영화들이 줄지어 있기 때문에, 마음먹은 바대로 한 영화를 다시 보는 일은 의외로 드물다.

몇 번을 봐도 좋을 작품이야 일일이 기억해 내기 어려울 만큼 여럿 지나쳤다. 그러나 정말로 몇 번씩이나 본 영화를 기억하지 못할 리는 없다. 나는 그 중에도 '루카 구아다니노' 감독의 〈콜 미 바이 유어 네임〉을 특히 각별히 여긴다. 한번 본 뒤로 일 년에 두어 번은 꼭 찾아보게 되는 거다. 다가올 새벽에 태풍이 지나갈 거라던 서울의 밤이었다. 지금은 만나지 않은 한 사람과의 무척 짧은 여름 중, 나는 그 영화를 처음 봤다.

2012년 태풍 볼라벤이 한반도를 강타할 적, 나는 친구들과 풋살 경기장에 모여 아무렇게나 후려 까도 공이 휜다며 축구를 했다. 그런 추억 때문인지 태풍의 무서움을 제대로 실감하지 못하는 타입의 유형으로 자라 버린 필자이다. 그러니 당시 무서운 기세로 북상하던 태풍의 요란한 전희에도 불구하고 나는 방의 창문을 꼭 닫아 두는 정도로 대비를 마치고서 바깥으로 나섰다.

7월 돌풍에 상의가 펄럭였다. 태풍의 전조도, 어둡고 낯선 초행길도 꼭 마치 모든 게 이미 정해져 있었다는 듯이 초연한 밤이었다. 문 앞에 서서 초인종을 누를 때에도 그런 기분이었다. 이미 오래전부터 그날 그때 그곳에서, 나는 초인종을 누르기로 되어 있던 거다. 바깥의 황량한 풍경과 대조를 이뤄 유달리 아늑했던 그 공간은 좁지만, 창이 큰 집이었다. 온통 좋은 향이 났다. 필시 딥디크의 아무개일 거라고 생각하며, 나는 현관을 지나 친밀한 관계를 위한 아흔아홉 가지 단계 중 서른 계단 즘을 훌쩍 뛰어 넘었다. 예보대로 태풍은 서울의 목전을 향해 빠르게 다가왔다. 자정이 가까워질수록 드세지는 바람 소리가 이중창의 틈을 비집고 방 안까지 들려왔다. 암막 커튼으로 창을 전부 가렸다. 당장에 동이 터도 모를 만큼 무겁고 두꺼운 커튼이었다. 도시의 옅은 빛을 가려내자 바깥의 소음도 까무룩 사라졌고, 한편의 에어컨 소리만이 들려왔다. 영화 보기에 더할 나위 없는 환경을 만들고서야, 나는 보고 싶

은 영화가 있다고 말했다. 애당초 우리는 영화 한 편을 함께 본다
는 명분을 빌어 그 자리에 함께 있던 것이다. 그렇게 나란히 앉아
몇천 원을 결제해 〈콜 미 바이 유어 네임〉을 보기 시작했다. 빛
이 사라진 방 안에서 우리는 화면 속으로, 어느 여름 속으로 훌러
덩 뛰어들었다.

실없게도, 나는 러닝타임 중반까지도 영화의 맥을 이끌어
가는 주요한 설정을 눈치 채지 못했다. 두 주인공의 동성애 말이
다. 작품 자체의 평판도 본격적인 유명세를 타기 전이었을 뿐더러,
나는 단지 바로 며칠 전에 본 〈아이 엠 러브〉가 인상 깊었던 터
라, 해당 감독의 필모그래피 중 가장 최신 영화를 골랐을 따름이
었다. 그런데 작품에 대한 배경 정보가 없던 건 상대 쪽도 마찬가
지였다. 옆에 있는 사람이 보고 싶다는 영화니까, 뭐든 어때? 하는
식이었던 거다. 이거 어쩐지 기류가 야릇한데, 하고 먼저 눈치를
차린 건 내 쪽이었다. 그러다 별안간 '엘리오'와 '올리버'가 끈적하
게 입술을 섞은 때 우리의 두 눈은 커다랗게 꽃망울 트고 만다. 엄
마야, 우리가 지금 뭘 본 거니, 하는 눈빛이었다. 그 순간 나는 상
대에게 뭔가 설명을 해야 한다고 생각했는데, 아니나 다를까 그 사
람이 먼저 내게 농을 걸어왔다. 너 설마, 하면서. 분명 뭔가 설명해
야 한다고 생각했지만, 정말로 다급히 해명을 할 때는 이게 뭐람,
싶으면서 좀 우스웠다.

작은 헤프닝에 웃고 떠드는 것도 잠시, 우린 금세 엘리오

와 올리버의 애틋한 여름에 푹 빠져들었다. 파릇한 여름밤에 매료
되어 엔딩 크레딧이 올라가기 전까지 주의 깊게 화면을 응시한 거
다. 엘리오가 벽난로 앞에 웅크려 앉아 눈물을 훔치던 때에는 정말
로 할 수만 있다면 손을 뻗어 등을 다독여 주고 싶었다. 그만큼이
나 깊숙이 작품에 호응한 거다. 그들의 여름은, 지나가 버린 한 때
는 숨 막힐 정도로 아름다웠다. 크레딧의 마지막 한 줄이 화면 상
단으로 사라지려 할 때 나는 서둘러 텔레비전을 꺼 버렸다. 불쑥
이어질 역겨운 광고 따위가 여운을 찢어버리기 전에. 그러자 칠흑
같은 어둠과 정적이 찾아왔다. 우린 그 안에 놓여 엘리오와 올리버
의 피부를 그을리던 그 뜨거운 햇살을 마음속에 아로새기며 잠에
들었다.

　　다음 날 눈을 떴을 때, 그 사람은 나가고 없었다. '늦을 거
야, 다녀올게.' 하는 연락이 남겨져 있었을 따름이었다. '먼저 갈
게.'가 아니라 '다녀올게.' 그게 꼭 기다리라는 말 같아서 나는 잠자
코 그곳에 남았다. 커튼을 반 뼘 정도 걷어 바깥을 살폈다. 쑥대밭
까진 아니지만, 꽤나 엉망진창이었다. 하지만 맑기만 한 햇볕이 내
리쬐고 있었다. 태풍은 우리를 지나쳐 제 명을 다해 어딘가로 소실
되어 버린 것이었다. 나는 커튼을 도로 닫고 지난 새벽에 본 영화
를 다시 봤다. 그리고 집주인이 돌아오기 전에, 나는 나의 집으로
돌아갔다.

　　그 해부터 〈콜 미 바이 유어 네임〉은 더위라면 좀처럼 못

건더 하는 내가 여름을 사랑하는 방식이자 미학이 되었다. 작품의 여운을 통째로 퍼 담아 마음 한편에 간직하고 있는 거다. 엘리오와 올리버만큼 선글라스가 잘 어울리지 않는 나지만, 그들처럼 내킬 때마다 수영을 할 수도 없지만, 살구와 복숭아를 기르는 앞마당도 없지만. 1980년대 이탈리아 북부의 어느 마을과 내가 사는 이 도시는 좀처럼 닮은 점을 찾아볼 수 없지만, 그럼에도 불구하고, 그럼에도 불구하고, 그럼에도 불구하고 나는 그곳을 마음 한편에 소유하고 있다. 어떤 특수한 우연은 한 계절과 긴밀히 연결되어 지나간 한 때를, 또 다가올 한 때를 사랑하게 한다. 이를테면 풋내기 시절의 벚꽃 나들이나, 몇 해 전 마지막 화이트 크리스마스처럼. 못 견디게 밉기만 하던 여름이 별안간 하룻밤 사이에 좋아질 수도 있다는 거. 나 또는 우리에게 필시 무척이나 희소식이다.

작중에서 어느 한 날, 엘리오는 올리버가 읽던 책을 몰래 들여다본다. 헤라클레이토스의 〈우주의 파편〉이었다. 책장 사이에는 올리버가 메모를 적은 종이가 끼워져 있었다. 거기에는 '강이 흐른다는 의미는 모든 것이 바뀌므로 두 번 다시 만날 수 없다는 뜻이 아니라, 변화함으로써 같은 모습을 유지하는 것도 있다는 뜻이다.'라고 적혀 있다. 어쩌면 헤라클레이토스의 글을 인용한 그의 고백적 메모처럼 삶이란 연속되는 불확실성 속에서 우연의 힘을 빌려 아름다움의 외연을 조금씩 확장해 나가고 있는 게 아닐까. 싫은 것이 계속해 늘어나지만, 살다 보면 그중에 좋아지는 것 또한 하나둘 늘어나기 마련이었다. 조만간 한 번 치고받을 기세로 대립해 오던 상대가 건네 오는 농이 어느 점심에는 한없이 다정하게 느껴지기도 하는 거다. 또 나는 지금, 이 순간에도 누군가의 머릿속에서 차츰 잊혀져 가고 있다. 동시에 나는 또 쉼 없이 누군가를 새로 알아 간다. 어제는 미움을 사고, 오늘은 호감을 산다. 당장 어제는 누군가를 잊었지만, 다가올 여름에는 새로운 누군가를 더 깊숙이 알아 갈 것이다. 이 삶은 강물처럼 변화함으로써 같은 모습을 유지하고 있다. 잊고, 기억하고, 미워하고, 사랑하며.

♥

"너희 둘은 아름다운 우정을 나눴어. 우정 이상일지도 모르지. 난 너희가 부럽다. 내 입장에서 말하자면 대부분의 부모는 그냥 없던 일이 되기를, 아들이 얼른 제 자리로 돌아오기를 바랄 거다. 하지만 난 그런 부모가 아니야. 네 입장에서 말하자면 고통이 있으면 달래고 불꽃이 있으면 끄지 말고 잔혹하게 대하지 마라. 밤에 잠을 못 이룰 만큼 자기 안으로 침잠해 들어가는 건 끔찍하지. 타인이 너무 일찍 나를 잊는 것 또한 마찬가지야. 순리를 거슬러 빨리 치유되기 위해 자신의 많은 부분을 뜯어내기 때문에 서른 살이 되기도 전에 마음이 결핍되어 새로운 사람을 만나 다시 시작할 때 줄 것이 별로 없어져 버려. 무엇도 느끼면 안 되니까 아무것도 느끼지 않으려고 하는 건 시간 낭비야!"

나는 아버지의 말을 이해해 보려고 할 수도 없었다. 놀라서 아무것도 할 수 없었다.

"내가 너무 주제넘었나?"

나는 고개를 저었다.

_<콜 미 바이 유어 네임>, 안드레 애치먼, 도서출판 잔

삐뚤삐뚤 만우절

대학에 돌아왔다. 한예종은 캠퍼스가 두 곳으로 나뉘어 있다. 한 곳은 서초동, 한 곳은 석관동이다. 내가 소속한 무용원은 전자인 서초 캠퍼스에 거점을 두고 있어서, 예전에는 매일 같이 강남을 오고 갔더랬다. 그러나 뜻밖에도 오늘의 나는 무용이라는 것에 별반 뜻이 없는 몸이 되었다. 그러니 움직임 이외의 감각을 고양하는 쪽이 여러모로 좋다. 그러기 위해서는 석관 캠퍼스에서 진행되는 수업을 수강해야 한다. 석관 캠퍼스에는 연극원, 미술원, 영상원이 있어서 필연적으로 더 다양한 수업이 개설되기 때문이다. 하지만 문제가 있다. 소속이 무용원인 이상, 졸업장을 얻기 위해서는 응당 무용을 축으로 구성된 졸업 요건을 갖춰야 하는 거다. 제멋대로 수업을 골라 들으며 학교를 다녀서야 졸업은 멀고 먼일이 된다. 뭐랄까, 날이 갈수록 뜻대로 풀려나가는 일이 줄어드는 기분이다. 모쪼록 더 이상 학교 얘기를 했다가는 재미없는 얘기가 되어 버린다. 인생에서 중요한 건 졸업장 같은 게 아니라고 생각하고 있다, 하는 정도로 이 얘기는 마무리 짓자.

며칠 전은 이름하야 거룩한 만우절이었다. 만우절이라고 해 봤자 낄낄거리고 웃을 일 따위 일어나지 않은지 오래지만, 이번 만큼은 제법 인상에 남는 하루였지 싶다. 물론 소싯적처럼 여럿이서 머리를 모아 허무맹랑한 작당을 모의한다거나, 거짓말을 빙자해 마음에 드는 여자애 마음을 들춰 보는 일은 없었다. 저 혼자 멍청하기가 짝이 없는 하루를 보낸 뒤에 곰곰이 생각해 보니, 하필이면 그날이 만우절이었을 따름이다.

아침 일찍 사진 수업을 듣는 날이었다. 이 수업은 나로 하여금 대학에 돌아오기로 마음먹게 한 갈증을 여러 접점에서 충족시켜 주고 있다. 하지만 그런 것과는 별개로, 나로 말하자면 인류의 절반을 아침잠이 많은 사람들이라고 가정할 때, 그중에서도 상위 15%쯤에는 거뜬히 들지 않을까, 싶은 타입의 인간이다. 보태 말해 아침 일찍 일어나려고 하면 곧장 인생에 회한이 다 들고 만다. 그래도 기껏해야 개강 한 달 차니까, 수업에 늦지 않을 만큼 일찍 이부자리를 박차고 나섰다. 4월치고도 눈에 띄게 화사한 날씨였다. 아침 공기는 필시 바깥을 노니며 들이마실 때 달콤한 것이니, 나는 무거운 걸음에도 경쾌한 박자를 가하며 만원 지하철에 올라탔더랬다.

캠퍼스 초입에 도착해 별관까지 걸었다. 오늘은 또 어떤 작가의 작업을 보게 될까, 또 나는 그 사진들에 대해서 어떤 의견을 피력할 것이며, 다른 학우들은 또 어떤 얘기를 들려줄지 따위가 못

내 기대되었다. 새로 알고 소스라치게 놀란 사실인데, 내게도 제법 모범생다운 구석이 있었다. 사물이나 현상을 해석하는 시각의 차이를 공유하는 것이 이렇게 즐거운 일이었던가, 하는 감상을 대수롭게 여기는 거다.

그런 생각을 하면서 강의실에 도착했다. 그런데 이거 뭔가 잘못됐지 싶다. 한 번도 이런 적이 없는데, 강의실이 텅 비어있다. 언제나 다른 학우들이 앞서 강의실에 도착해 있고, 나는 늘 몇 분쯤 뒤늦게 나타나 자세를 낮추고 빈자리를 찾기 일쑤였다. 그러니 내가 일등이다, 하는 유쾌한 감상은 도무지 들지 않는다. 온 생애에 걸쳐 비슷한 경험조차 없던 탓이다. 휴강 공지는 없었다. 오후에는 암실 실습이 계획되어 있지만, 분명 오전에는 강의실에서 토론을 한다고 들었다. 하지만 불 꺼진 강의실에는 나 밖에 없었고, 때는 정각을 5분 넘긴 시점이므로 수업은 이미 시작됐어야 한다. 복학생의 설움인지 뭔지. 그런데 그때 별안간 머릿속에 따끔, 하고 스파크가 튀었다. 9시 5분의 숫자 '9'가 부쩍 낯설게 느껴지던 거다. 그 순간 나를 둘러싼 대기의 온도가 몇 도쯤 떨어졌다. 열차를 가득 메운 사람들의 낯짝이 일제히 나를 향해 돌아서는 것처럼 싸늘하고 어색한 기운이 강의실에 맴돌던 거다. 복도 너머 창밖의 햇살은 화사한데, 컴컴한 강의실에 홀로 서 있는 내 모습을 천장의 백열등이 되어 내려다보는 기분이 들었다. 아뿔싸. 수업 시작은 10시였다. 완전히 속아버렸다.

무슨 바람이 불어 수업 시간을 1시간이나 앞당겨 생각했을까. 만우절이랍시고 장난치고 놀 친구가 한 명도 없는 까닭인지도 모른다. 지렁이가 자웅동체 하듯 자아를 분열 시켜 자기가 자기를 속이고 만 거다.

나로서는 단지 이 정도로도 눈물겨울 지경이지만, 여기서 끝이면 싱겁다. 수업에 한 시간 늦는 날이 있으면 한 시간 일찍 오는 날도 있어야 이치에 맞는 거다. 그날은 과제 제출 마감일이기도 했다. 과제 내용은 셀프 포트레이트*를 흑백 필름으로 두 롤 찍어 오는 것이었다. 쉽게 말해서 필름 카메라로 자화상을 72장 찍어 오는 것. 기본적으로 개개인의 경험은 모두 다른 것이라서 어떤 독자는 그 정도쯤 누워서 떡 먹기 아닌가, 하고 말할지 모른다. 하지만 실시간으로 결과물을 확인하지 못하는 필름 카메라로 자화상을 일흔두 장이나 찍는다는 건 생각만큼 간단한 일이 못 된다. 명색이 예술 대학 사진 강의인 데다, 우린 몇 주에 걸쳐 세계적으로 자명한 작가들의 수백 장이 넘는 셀프 포트레잇 작업을 봐 왔고, 거기에 대해서 토론을 나눴다. 각자의 감상과 입장을 구축하며 사진 속에 서려 있을 무언가를 읽어내기 위해 숨죽여 두 눈을 부라린 거다. 우리들 중에 무슨 대단한 사진을 덜컥 찍어 나타날 만한 천재가 있을 리도 없지만, 딱 잘라 말해 평소 셀카 찍듯이 대충할 수도 없는 노릇이었다.

셀프 포트레이트 Self portrait. 스스로를 대상으로 한 초상화. 즉 자화상

그와 같은 종류의 난제는 한번 뒤로 미루면 끝없이 미루게 되며, 그것은 미루면 미룰수록 골치 아픈 일이 된다. 그래서 과제를 받아 온 바로 다음 날 모두 마쳐 두기로 마음을 먹었다. 하지만 변변치 않은 장비와 사진 기술은 논외로 치더라도, 내게는 72가지의 표정도, 포즈도, 의상도 없었다. 그러니 당연히 애를 먹었다. 초점이니 노출이니, 기본적인 것들은 고사하고, 프레임 안에 내 얼굴이 잘 들어가 있는지 조차 확인할 수 없었다. 그렇게 고작 스무 장쯤 찍었을까. 완전히 지쳐 버렸다. 그때부터는 결과물이야 어떻든 단지 필름 두 롤을 모두 사용하는 것에 이의를 두고 촬영에 임했다. 그러자 오히려 뭔가 재미난 것들이 떠올랐다. 굳어 있던 마음가짐이 허물어지며 사고가 말랑해진 것이었다. 덕분에 윗도리를 벗어 던지고서 허공에 냅다 주먹을 휘두른다거나 하는 식으로 남은 필름을 모두 사용했다. 이따금씩 곱씹는 내용인데, 살아가며 해결해야 하는 여러 문제들 중에는 별로 제대로 할 마음이 없을 때 의외로 잘 풀리는 것들이 적지 않은 듯하다. 하지만 그런 식의 요행에만 의존해서야 언제까지고 아마추어로 남게 되는 걸까. 정말로 나는 갈 길이 멀지 싶다.

만우절로 돌아와, 나는 집구석을 지지고 볶아가며 찍은 그 두 롤의 필름을 챙겨 나오지 않았다는 사실을 깨달았다. 아침부터 힘겹게 떨어 본 부지런도, 진짜 애먹은 두 롤의 자화상도 하등 소용없는 일이 되어버린 거다. 수업 시간을 착각하지 않았더라면, 그래서 평소처럼 한 시간 더 푹 자고 일어났더라면 빼먹지 않고 잘 챙겼을까. 줄담배를 피우는 편은 아닌데, 그런 날은 다른 요령이 없다.

이조차도 아직은 결말이 아니다. 원래대로라면 정각에 마쳐야 하는 수업이 늦게 마치는 바람에 다음 수업에 지각을 하게 되고, 다급히 헤드폰을 쓰려다 그대로 부러뜨렸다. 출석은 이미 끝났고, 아끼던 헤드폰은 귀 하나가 대롱거린다. 종일 먹은 것도 없이 담배만 피워대느라 어질어질한 와중에도 집으로 돌아가는 길에는 또 한 번의 만원 지하철이 기다리고 있다. 이만하면 꽤 인상 깊게 구린 일진이라 부르기 충분하지 싶기도 하지만, 고작 이 정도로 심각하게 앓는 소리를 해서야 엄살일 테다. 모쪼록 사소한 액운 몇 가지를 하루에 몰아 해치웠다고 생각하기로 했다. 게다가 만우절이었으니까. 나름대로 유쾌하게 생각하며 지나가고, 앞으로의 운수 좋은 날을 기대해 보는 수밖에 없었다. 다만, 매사 차분한 태도로 살아가야 한다고 나직이 되뇌었다. 핸드폰을 내려놓고 일상 속에 고요한 빈틈을 만든다. 그리고 잠시간 그 안에 머무르며 차분히 사색에 잠기는 거다. 단지 그 정도로도 어이없는 실수를 대폭 줄일 수 있는 게 아닐까.

누구누구야

　문득 사람의 이름에 대해서 생각한 적이 있다. 지난여름 무렵 첫 책의 원고를 다 쓰고 출간을 기다리던 때로, 한가로이 커피를 마시는 것 말고 할 일이 없는 좋은 시절이었다. 거실에 드러누워 영화를 한 편 보던 중이었는데, 선뜻 적으려니 그게 어떤 영화였는지 도통 기억이 나질 않는다. 영화를 보다 말고 엉뚱한 생각이나 했다니까 그게 어떤 영화인지는 그다지 궁금해 하지 않을 것 같은데, 결코 별 볼일 없는 영화는 아니었지 싶다. 틀림없이 필자의 취향에 전적으로 호응하는 작품이었다. 어느 영화인지 기억조차 못하는 처지에 이런 얘기를 하는 건 안 웃기는 유머에 가깝지 싶지만. 살아가다 보면 명확히 지칭할 수 있는 실체나 윤곽이 아닌 흐릿한 인상으로써 남는 기억이 생겨나기 마련이다. 그렇듯 두루뭉술한 것들을 묵살하는 순간, 우린 삶의 소중한 일부분을 놓쳐 버리고 마는 걸지도 모른다.

　그동안 봐 온 수많은 영화 중에 그날 본 영화를 추려 낼 수

있는 근거 한 가지는 극 중 배경이 미국의 중동부 웨스트 버지니아
였다는 사실이다. 어쩌다 줄거리도, 배우도, 감독의 이름도 아닌
극 중 배경지를 기억하고 있느냐면, 바로 그 웨스트 버지니아라는
지명이 방아쇠를 당겨 나로 하여금 이름에 관한 상념을 떠올리게
끔 했기 때문이다. 일명 트리거 효과trigger effect다.

　자, 발사된 탄도의 궤도를 좇아 보기로 하자. 극 중 인물의
대사 혹은 고속도로의 표지판과 같은 인서트 장면으로 필자의 머
릿속으로 입력된 '웨스트 버지니아'는 알 수 없는 프로세스를 거
쳐 제멋대로 '존 덴버'의 〈Take me home, country roads〉의 후
렴으로 변형되었다. 영화 〈킹스맨 : 골든 서클〉에서 한 등장인물
이 죽기 전에 부른 노래로 내 또래에게도 제법 알려져 있는 곡이
다. 가사를 들으면 알 수 있는데, 그 곡이 다름 아닌 웨스트 버지니
아의 자연을 기리는 노래이다. 나는 이렇다 할 맥락도 없이 후렴을
흥얼거렸지 싶다.

　　"Country roads take me home.
　　To the place I belong.
　　West Virginia mountain mamma.
　　Take me home country roads."

　같은 후렴을 몇 번 돌려 부르던 중에 이번에는 한 작가의
이름이 떠올랐다. 영국 작가 '버지니아 울프'다. 나는 무심코 상념

위로 떠오른 그녀의 이름에 완전히 매료되었다. 버지니아의 늑대. 그녀의 이름은 'Woolf'로 쓰고, 늑대를 뜻하는 단어는 'wolf'라고 쓰지만, 아무렴. 이미 내 머릿속에서 그녀는 우거진 설산 속을 성큼성큼 거니는 한 마리의 커다란 늑대처럼 여겨졌다. 그 이름 자체가 한 편의 작품으로서, 예리하면서도 강인했던 그녀의 생애와 문학관을 온몸으로 대변하는 것처럼 느껴졌다. 난데없는 경외심이었다.

버지니아 울프의 짙은 인상은 곧이어 또 한 명의 여성 작가를 떠올리게 했다. '프랑수아즈 사강'이다. 나는 그녀의 소설을 읽을 때마다 정말이지 놀랍도록 섬세하다며 감탄하곤 한다. 인물 간의 서로 다른 욕망이 자아내는 미묘한 묘사는 내가 읽는 작가 중단연 최고이다. 한데, 프랑수아즈 사강이라는 이름에 그러한 섬세한 표현력이 고스란히 녹아있는 것처럼 느껴지는 건 단지 나만의 감상일까? 어쩌면 처음부터 줄곧 나 혼자만 알아듣는 얘기를 떠들고 있는지도 모르겠다.

'찰스 임스', '디터 람스', '마틴 스코세이지', '킬리언 머피' 등 멋지다고 생각되는 이름 몇몇을 계속해 떠올렸다. 그러고 나서 내 이름을 소리 내 발음했다. 최형준. 최형준. 최형준? 어쩐지 뚱하니 싱겁다. 요컨대 문자 자체에 감성적 가치가 결여되어 있는 인상이다. 누구나 자기 이름은 그렇게 느끼는 걸까. 생애를 통틀어 이름에 불만을 품어 본 적은 한 번도 없었다. 학창 시절 놀림을 받을 만큼 독특하지도, 그렇다고 특별히 상투적인 이름이라고 볼 수도 없으니까. 그런데 이거 이제 와서 다분히 아쉽다. 어쩐지 멋진 이름을 갖고 있으면 더 좋은 작품을 쓸 수 있을 것만 같았다.

하지만 그렇다고 덜컥 개명을 해 버린다면(물론 쉬운 일도 아니겠지만) 머지않아 상당히 후회를 할지도 모른다. 시간이 지나도 남의 옷을 빌려 입은 것만 같은 이질감이 사라지지 않을지도 모르고, 특별한 계기도 없이 평생에 걸쳐 정든 이름을 헌신짝 취급하는 건 영 다정하지 못한 행동이다. 절충하여 필명을 써 보는 생각도 해봤다. 버지니아 울프도, 프랑수아즈 사강도 실은 필명이었으니까. 하지만 그마저도 이내 고개를 내저었다. 내 성격에는 한 분기에도 서너 번씩 필명을 바꾸고 싶어 할지도 모른다. 세상에는 그럴싸하게 보이고 들리는 것이 많다. 우유부단한 천성의 결함을 세상 탓으로 돌리며, 멋져 보이는 거 죄다 따라 하다 보면 도무지 아무런 것도 되지 못한다.

글쎄, 좋은 이름이란 과연 어떤 걸까. 나로서는 감성적 가치가 우선인 듯하다. 하지만 이름에 담긴 서사가 적절하다 해도 꼭 좋은 이름은 아니다. 예컨대 내 이름을 언제나 영감을 얻는다 하여 '얻을 득得'자에 '붓 필筆' 자를 써 '최득필'로 지었다면, 나는 필시 소싯적부터 부모님을 원망했겠지. 그런 생각을 하면, 내 이름만큼 내게 적절한 이름도 없지 싶어진다. 그런데 만에 하나 정말로 이름을 바꾼다면 어떤 기분일까. 마치 새 삶을 쟁취한 기분이 들 것만 같은데. 그다지 오래가지 않을 감흥일 것 같기도 하다. 그럼에도 언젠가는 새 이름을 가져 보고 싶다. 즐거워야 하는 딱 한 번의 목숨이니까. 평생을 한 이름으로만 불리는 건 영 손해를 보는 일인지도 모르겠다.

언젠가 짝을 만나 결혼을 한다면, 오랫동안 고민한 이름으로 함께 개명하는 상상을 한다. 어느 겨울 아침, 함께 구청으로 향해 개명허가서를 받아 집으로 돌아오는 거다. 그리곤 소파에 나란히 앉아서 오는 길에 사 온 붕어빵을 호호 불어먹으며, 새로 지은 서로의 이름을 불러 본다. 누구누구야, 누구누구야. 틀림없이 좋은 날이 될 테죠.

틀림없이 좋은 날이 될 테죠

틀림없이 좋은 날이 될 테죠

틀림없이 좋은 날이 될 테죠

사뭇 달라진 밤

이런 얘기는 좀처럼 할 기회가 없지 싶은데, 지난 초봄의 한 날은 정말이지 성실하게 보냈다. 어쩌면 '성실하게' 정도로 쉽게 말해서는 안 되는 걸지도 모른다. 필자가 드물게 발휘했던 그 저력은 확실히 성실함 이상의 특수한 무엇이었으니까.

알고 보면 누구라도 어느 정도 엉망진창으로 살아가는 모양이다(그렇게 생각하고 싶다). 하지만 그렇다고는 해도 내겐 나중으로 미뤄 둔 일이 지나치도록 가득 쌓여 있었다. 그리고 데드라인을 목전에 둔 그것들은 하루라는 유예 기간을 두고서 사이좋게, 지독히 뒤엉켜 있었다. 예컨대 A라는 업무의 치맛자락을 B가 붙들고, 그런 B의 등에는 C가 업혀있다. 그런 C 등에 바짝 붙어 D는 머리칼을 땋고, E는 D의 가방끈을 붙잡고 휘파람을 분다. F는 그들로부터 몇 발짝 떨어져 초조하게 담배를 피우며 히치하이킹을 시도하고 있다. 그들은 고속도로 한편에 고립되어, 마음씨 넓은 트럭 운전사가 나타나기만을 오매불망 기다린다. 하지만 그 누구도 그들을 태우려고 나서지 않았다. 그러다 마침내. 그들 앞으로 커다란 픽업트럭이 속도를 늦췄다. 운전석의 창문이 서서히 내려가고, 업무A~F는 새끼 고양이 같은 눈을 하고 일제히 고개를 쳐든다. 창밖으로 고개를 내민 '그'는 터프한 미소를 지으며 손짓한다. "Get in!" 그는 저물어 가는 미명 속에서, 끝나지 않을 것만 같은 고속도로를 용감히 헤쳐 나갔다. 그렇게 미뤄진 업무들은 안전하게 목적지까지 도착한 것이다. 하지만 지금 내가 하고 있는 얘기는, 이 글을 쓰고 있는 것이 그날의 나였더라면 이런 장황한 비유 따위는 없어도 좋을 짧고 단단한 단문을 단번에 적어냈을 거라는 말이다.

비록 이토록 단면적인 지면을 통해서 명백히 증명할 수 있는 종류의 얘기는 아니다. 실제로 밀린 업무를 모두 해치웠든, 실은 종일 숨만 쉬었든, 마음만 먹는다면 이런 얘기쯤은 얼마든지 지어내서 쓸 수 있을 테니까. 그러나 끝끝내 기어코 진실의 잔상을 똑똑히 밝혀낸다 해도 그다지 재미있는 일은 일어나지 않는다. 매사 의심쩍은 시각으로 현상을 바라봐야, 피차 얻어 갈 게 없다는 얘기이다. 기교를 걷어내고 보면 기껏해야, 미뤄 둔 일을 마감일에 닥쳐서 해치웠다는 싱거운 얘기가 될 테다. 그러니 '모처럼 제가 꽤 반듯한 하루를 보냈는데요.' 하는 얘기 정도는 들리는 모양 그대로 받아들여 주면 어떨까 싶다.

그날은 성실하게 보낸 하루 일과에 이어, 잠마저 무척 잘

잤더랬다. 한때는 잠드는 일이 어려워 앓았다. 잠드는 법을 까먹
는 바람에 조금씩 미쳐 가는 줄 알았다. 마음 한쪽에 세상에서 가
장 어두운 검정이 자리한 탓이었다. 그게 나를 꽤 집요하게 괴롭
혔더랬지. 하지만 이렇게 까무룩 지나간 일이 되었다. 이불을 파
고든 게 자정 무렵이었고, 곧장 잠이 들은 뒤 일어난 때는 얼추 정
오 무렵이었으니, 열두 시간은 족히 잔 것이다. 단 몇 초 사이에 무
의식 세계 저 깊숙이로 빨려 들어가, 하루의 절반을 보내고서 깨어
난 거다. 열두 시간이면 인천에서 LA에 도착한다. 베를린이나 로
마, 혹은 런던 중 어느 곳의 맥도날드에서 햄버거를 시킬 수도 있
다. 열두 시간을 최저시급으로 따지자면 십일만 원 하고도 몇천 몇
백 원이 남아서, 새 레코드 서너 장 살 수 있다. 대단히 엄청나다고
는 할 수 없을지 모르지만, 경우에 따라서는 무척 신나는 일을 벌
일 수 있는 시간이다.

　　'잘 잤다.'라는 개념의 존재 조건을 세 가지로 정의하자면
첫째, 쉽게 잠에 들었는가, 둘째, 깊이 잠에 들었는가, 셋째, 개운
하게 깨어났는가, 따위일 것이다. 나는 하루의 피로도가 얼마나 자
느냐가 아닌, 어떻게 자느냐에 좌우된다는 어느 광고의 카피라이
트를 비로소 수긍할 수 있게 되었다. 비록 열두 시간이나 잔 인물
이 할 얘기는 못 되는지도 모르지만. 가히 기지개를 켜며 잘 잤다!
하고 소리친 뒤, 옥상으로 올라가 햇볕에 이불을 말릴 만큼 산뜻한
기상이었다. 하여, 대차게 일어나서는 모처럼 이불 정리까지 마쳤

다. 그런데 그 다음이 어색하기만 했다. 하루를 맑은 정신으로 시작하는 건 내게 익숙하지 않은 일이었다. 커피 어디 있니, 담배 어디 있니, 하며 아픈 닭 마냥 골골 굴어야 평소의 나다운 일이다. 기묘한 기분으로 달걀프라이를 해 먹고, 한동안 바닥에 누워 강아지를 만졌다. 그리고 집 안을 서성였다. 뜻도 잘 모르는 영어를 나불거리면서. 어쩐지 혼자서 집 안을 서성일 땐 영어를 나불거리게 된다. 그러다 쭈뼛쭈뼛 거울 앞에 섰다. 거기엔 어딘가 괴리감이 느껴지는 몰골의 남자가 서 있었다. 그때 별안간 깨달은 사실인데, 고질적으로 달고 살아온 기립성 저혈압이 언젠가부터 사라졌다. 시도 때도 없이 주저앉는 형편이라, 지난 가을에 끝난 마지막 연애까지도, 밥을 좀 챙겨 먹으라며 꾸지람을 듣던 기억이 선명한데 말이다. 그때마다 나는 누구나 삐걱거리는 몇 군데를 지닌 채로 살아가는 거라고, 너도 툭하면 허리가 고장 나지 않느냐고, 맞받아쳤더랬다. 그런데 어째서 어지럽지 않은 거냐, 하고 생각했다. 나름대로 추론한 바는 이렇다. 집에서 제대로 된 끼니를 먹는 일이 부쩍 늘어나면서 영양 상태가 호전된 거다. 그러고 보니 볼에 살도 좀 붙었다. 눈으로 보기에도 약 몇 퍼센트 쯤 건강한 인상이 된 거다. 별안간 내 볼을 꼬집고는 가죽밖에 잡히지 않는다며 소스라치게 경악했던 여자애가 떠오른다. 몸에 살 붙는 건 못 견디는 나지만, 그런 반응은 또 겸연쩍었지. 지금의 내 모습을 보면 한결 나아졌다고 말해 줄지도 모른다. 확실히 그럴지도 모르지만, 어쩌면 내 쪽에서 나 이제는 살 좀 붙었어, 하고 사람 좋게 웃어본들 전혀 아무런 반응도 얻어내지 못 할 수도 있다. 그 애는 나라는 사람에게 꽤 나 질려버린 모양이었으니까. 그런데 다시 볼 일이 있긴 하려나? 좁은 나라인데. 글쎄, 여러 생각을 하다 보면 결국 세상만사 지금 으로서는 알 수 없는 일뿐이라는 결론만 남는다.

사회적 거리두기 단계 격상 이후로 우리 집에는 일찍이 사 라졌던 풍경 한 가지가 되살아났다. 그건, 부모 자식 간의 저녁 식 탁이다. 체육 시설이 폐쇄되는 바람에 퇴근 후 집에 발이 묶인 아 버지, 그리고 퇴근 시간이 한 시간 앞당겨진 어머니, 그리고 바깥 을 쏘다닐 일이 완전히 사라진 내가 저녁마다 한 식탁에 둘러앉게 된 것이다. 세 식구가 함께하는 저녁 식사가 좋은 점은 정크 푸드 를 사 먹을 때보다 영양가 높은 식단을 취할 수 있다는 사실뿐만이 아니다. 모름지기 식탁에 둘러앉으면 그게 어떤 내용이든 무언가 대화를 나누게 되어 있다. 모쪼록 나의 부모님께서는 이미 오래전 에 내게 잔소리하기를 포기하셨는데, 그 덕에 나는 나름대로 그 대 화를 즐길 수 있다. 그렇게 저녁 식사 후 한동안 그 자리에 앉아 있 는 버릇이 생겼다. 아빠가 보는 테니스 경기를 들여다보기도 하고, 엄마랑 세상 돌아가는 얘기를 나누기도 한다. 그러한 단란한 시간 을 한동안 이어 온 결과, 나는 얼마간 건강해졌다. 그 덕에 밀린 일 도 잘 해치우고, 잠도 잘 자고, 간헐적 병세도 나았다. 바이러스를 피해 있는 과정에 꼭 감염을 면하는 보람만 있는 건 아니었다. 존 경하는 '무라카미 하루키'는 코로나19 사태를 계기로 옛날처럼 만

년필과 잉크를 사용해 글을 쓰고 있다고 한다. 나는 그가 책상 앞에 앉아 어떤 글을 쓰고 있을지 상상하는 것만으로도 꽤나 막강한 동기를 부여받는다. 그가 쓰고 있다. 그러니 나도 놀고 있을 수는 없다, 하는 식으로 말이다. 그리고 그는 라디오를 통해 말했다. 일상 속의 작은 변화를 열거해 보면 큰 변화가 보일 수도 있다고. 앞서 말했듯이 삶에는 예측불허의 수가 가득인지라 지금으로서는 진위여부는 알 수 없지만, 바이러스가 한바탕 물씬 주무르고 난 뒤의 일상이 꼭 끔찍하기만 하란 법은 없을 것만 같다. 잘 찾아보면 이미 코로나 '덕분에'라고 말할 만한 사항도 몇 가지나 된다. 냉큼 제자리로 돌아가지 않았으면 싶은 사소한 것들이 늘어가고 있다. 그런 것들이 착실히 저력을 발휘하고 있을 거라 생각하면, 역시 이 시기 속에는 분명 사랑이 자라고 있지 싶다. 오래전에 모습을 감췄던 생활 속 미묘한 가치들이 다시금 고개를 내밀며, 내게 그렇게 얘기하고 있다.

분명 사랑이 자라고 있다

분명 사랑이 자라고 있다

분명 사랑이 자라고 있다

3

Love

collection

사랑 모음집

이상적 흡연에 관하여

언젠가 흡연 행위에 관하여 무언가 날카로운 글을 적겠노라 별러 왔습니다. 이유인즉슨 멋들어진 작자들이 담배에 관하여 적은 글이나 이야기하는 것을 볼 때마다 은밀한 질투심을 느꼈기 때문입니다. 다른 얘기지만, 어떨 때 보면 나는 질투심이 무척 센데, 질투는 나를 글 쓰게 하니까 일단 어느 정도 천직을 찾았다고 볼 수 있지 싶기도 합니다. 그런데 꼭 멋지게 떠드는 작자들에게 배알이 꼴려 담배에 관해 글을 적어야지, 라고 생각했던 건 아닙니다. 산문을 쓰는 일은 결국 소장해 온 순간을 소개하는 일이며, 사색을 공유하고, 그 안에 있는 좋다, 별로다, 귀엽다, 슬프다, 라는 식으로 귀결되는 이야기를 활자로 늘어놓는 일입니다. 그러니 나는 필연적으로 담배에 관한 글을 적을 수밖에 없는 것입니다. 골초까지는 아니지만, 이따금 더 이상 돌아갈 수 없다는 실감이 들 만큼 일상적으로 담배를 피우고 있으니 말입니다. 적을 걸 웬만큼 다 적고 나서도 담배에 관하여 글을 쓰지 않는 건, 적금 두둑이 넣어 둔 통장을 대들보 밑에 묻어 두고 가난에 허덕이는 꼴이 될 터입니다.

소설이나 산문을 읽을 때, 문장에서 담배가 언급되면 주위가 환기되면서 그 전보다 편안한 마음가짐이 되는 기분을 느끼곤 합니다. 다소 난해한 책을 읽을 때조차 담배라는 소재에 빌어 전개되는 이야기, 혹은 서술되는 파트는 놀랍도록 술술 읽히는 건데, 사실 글을 쓰는 입장에서도 담배는 어느 정도 만능 도구라는 인상을 갖고 있습니다. 맥락과 관계없이 엉뚱한 얘기가 하고 싶어지면, '그런데 문득 담배를 피우다 엉뚱한 생각이 들었습니다.'라는 식으로 말문을 트면 만사가 오케이를 외치며 걸리는 곳 없이 술술 풀려나가는 것입니다. 또는 이야기가 지나치게 갑자기 전환되는 느낌을 받을 때에도, '그렇고 그런 생각에 잠겨 담배를 피우는데, 꽁초를 벽에 비벼 끌 때 즈음에는 과연 받아들일 수밖에 없는 현실이구나, 하고 되뇌었다.' 하는 식으로 몇 박자 틈을 만들어 낼 수도 있습니다. 또 소설을 쓰며 인물을 만들어 낼 때도 담배는 유익합니다. 그가 습관적으로 담배를 피우는 인물인지, 아니면 어쩌다 가끔 한 번씩만 태우는지, 혹은 담배 자체를 극도로 싫어하는 인물인지와 같은 사사로운 설정이 그 인물에 대해서 설명하는 바가 무척이나 입체적인 것입니다. 시시하게 생각하고 넘어갈 부분이 아닌 것이지요. 그리고 그건 비단 나만의 요령이 아닌 듯합니다. 영화에서도 담배는 특수한 소재입니다. 19세기 이래 영화사를 통틀어 담배를 매개로 꾸려진 쇼트가 여러 작품을 통해 수도 없이 답습되어

왔습니다. 하지만 관객들은 그것을 지루해하기는커녕 저도 모르게 매료되곤 합니다. 그러니 어떤 영화의 등장인물은 러닝타임 내내 담배를 하도 많이 피워서 사랑이니, 고독이니 작품의 주제는 고사하고, 당장 저 인간 폐 검사부터 시켜야 낭패를 면하지 싶은 지경에 이르고 마는 겁니다.

　　말이 나온 김에 여태까지 내가 써 온 산문을 살펴봤습니다. 언제 어디서 담배를 피웠다. 또는 담배를 피우다 말고 이런 생각을 떠올리거나 보았다, 하는 식의 얘기를 심심치 않게 발견할 수 있었습니다. 하다못해 어떤 때 피우는 담배가 일품이고, 담배를 피우며 핸드폰을 보는 건 최악이다, 라는 식의 얘기도 했습니다. 이렇게까지 자주 언급하게 되는 소재는 역시 담배가 유일한 듯합니다. 내가 쓴 소설에서도 담배는 거의 빼먹지 않고 등장합니다. 등장인물이 담배를 피우지 않았다면 애초에 존재 조건이 성립되지 않는 단편도 몇 편이나 됩니다. 나는 이미 담배라는 소재의 힘을 빌려 여러 이야기를 적어 온 것입니다. 그러나 잘 살펴보면, 그건 어디까지나 흡연 행위 전후에 자리한 현상이나 기억 따위에 관한 소소한 내용으로서 적어나간 것들입니다. 그런 얘기는 물론 어느 정도 필요에 의한 것이었으며(적어도 내가 생각하기로는), 듣기에 재미없는 얘기까지는 아니었을 겁니다(역시 적어도 내가 생각하기로는). 하지만 그렇다고 흡연에 대한 묘사가 그 자체로서 개별적인 중요한 의미를 가질 수는 없었습니다. 그건 그동안 내가 흡연이라는 행위 자체를 메인 주제로 글을 쓰는 일을 이때까지 유예한 이유이기도 합니다. 어떤 행위에 관하여 본격적인 얘기를 하기 위해서는 행위 자체가 갖는 본질적인 요점에 관하여 나름의 관통하는 바가 있어야 하는 겁니다. 그것을 생략하고는 어설프게 입을 놀려 봐야 떠들기도, 듣기에도 괴로운 저질 낭설이 되고 맙니다. 하여, 내가 그동안 피워 온 담배는 뭔가 중요한 관철이 반짝이길 기다렸던 고행의 흔적으로 봐도 무리는 없을 것 같습니다(아니요, 무리입니다).

위에서 언급한 '본질적인 요점'이 무엇인지 설명하기 위해서 '더스틴 포이리에'와 '코너 맥그리거'의 3차전을 예로 들어 봅시다. 나는 이 글을 읽고 있을 여러분과는 달리 아직 그 경기의 결과를 알지 못하는 상태인데, 다가올 주말에 열릴 그 둘의 경기에 관해서 무언가 중요한 얘기를 나누기 위해서는 경기 전 두 선수 사이에 일어나는 해프닝과 그 주변에서 떠들어대는 여러 추측에 무게를 둬서는 안 됩니다. 경기에 직접 자기 돈을 배팅한 미국인에게는 불가피한 일이겠지만요. 그러기보다는 케이지 문이 닫히기 전까지 어떤 판단이나 결론을 유예한 채로 경기가 시작되기만을 기다려야 합니다. 두 선수의 경기에 있어서 '본질적인 요점'은 다름 아닌 경기 내용에 숨겨져 있을 테니까요.

2차전에서 포이리에의 카프킥에 애를 먹은 맥그리거가 어떤 대책을 선보이는지, 포이리에는 그에 대비해 또 어떤 차선책을 펼칠 지에 대한 추측은 본질적인 요점과는 거리가 있습니다. 결국 그들이 경기를 통해 본질적으로 증명해 내야 하는 것은 자신이 상대방보다 강하다는 사실이기 때문입니다. 이러쿵저러쿵 떠드는 이야기를 떠나 경기에 오르기까지 준비해 온 전략을 상대 앞에서 얼마큼 훌륭히 수행해 내느냐에 본질은 녹아들어 있습니다. 거듭되는 라운드 마다 한 합, 한 합을 통해 기량, 컨디션, 훈련의 질, 주먹의 임팩트, 테크닉, 전략, 맷집, 체력, 멘탈, 완력 등 세부 사항의 우열을 가리기 시작해, 끝내 증명해 내는 총체적 강함. 그것이 격투가로서 짊어지는 본질적인 요점인 것입니다. 한쪽의 복싱 테크닉이 압도적이어도 상대의 적절한 타이밍 태클에 의해 바닥으로 끌려가 끝내 서브미션 패를 당한다면, 요점을 증명한 쪽은 의심의 여지없이 목을 낚아챈 상대 선수 쪽입니다. 옥타곤 안에서는 압도적인 전적조차 실효를 발휘하지 못합니다. 무패 전적의 챔피언이라고 해도 무적의 턱을 가졌을 리는 없는 겁니다. 누구라도 어쩌다 제대로 맞은 어퍼컷 한 방에는 다리가 풀려 버립니다. 상대적으로 목이 두꺼워 강한 펀치도 거뜬히 버텨 내는 선수도 확실하게 들어간 초크에는 속절없이 단잠에 빠져 버립니다. 그러니 경기 이전의 전사前史는 본질적인 요점이 못 되는 것이 분명합니다.

다만, 경기 전의 도발을 비롯해 두 선수 사이에 일어나는 자극적인 불화는 경기 홍보에 무척 뛰어난 효과를 야기합니다. 비록 비슷한 실력이라도 대중의 관심을 끄는 선수와 그렇지 못한 선수의 벌이는 꽤나 차이가 나기 때문에 선수 본인도 확실히 눈도장 찍힐 수 있도록 노력하며, 정도에 따라 주먹을 맞댈 상대 선수를 향해 난폭한 언행도 서슴지 않습니다. 그러나 정작 경기장 위에서의 경기력이 그러한 모습을 뒷받침하지 못한다면 오히려 역효과가 일어나고 맙니다. 오히려 상대의 도발에도 흔들리지 않고 묵묵히 강함을 증명해 낸 쪽이 호감을 얻게 되는 것이지요. 이 얘기는 장르를 불문하고 어쩌면 꽤나 중요한 얘기인지도 모릅니다. 인정받는 일류 프로가 되기 위해서는 행위 전후의 이벤트를 신경 쓰기 이전에 마땅한 경기력, 즉 실력을 갖추기 위한 진지한 자세가 선행되어야 한다는 겁니다. 그게 바로 내가 얘기하는 본질적인 요점입니다. 행위 전후에 수반되는 부수적인 것들과 요점 사이의 우선순위를 헷갈리고 만다면, 우리는 그 누구의 마음도 움직이지 못합니다. 강함을 증명해 내지 못하는 선수가 제아무리 입을 놀려 봐야 대중은 관심을 가져주지 않는다는 얘기입니다. 난잡한 마음가짐으로는 역시 세계무대는커녕 이 자그마한 나라에서조차 결코 이름을 알릴 수 없지 싶습니다.

이쯤에서 본래 하던 얘기로 돌아와, 흡연의 본질적인 요점에 대해서 얘기해 봅시다. 그에 관한 실상을 가늠하기 위해서는 우선적으로 담배를 피우는 행위에 대한 성찰이 선행되어야 하는데, 그를 위해서는 흡연 욕구에 관한 탐구가 우선인 듯합니다. 개량된 형태의 담배가 시중에 전파되고 얼마 뒤 흡연은 관습과 관례를 통해 세대를 걸쳐 전수되었다고 합니다. 요컨대 담배를 피우지 않으면 사내답지 못하다, 혹은 자유롭지 못한 인간이다 하는 식의 분위기가 사회 전반에 통용되었던 겁니다. 그러나 현대의 경우, 담배를 선전하는 광고 따위는 엄격히 제한되고 있으며, 범세계적으로 흡연 행위에 대한 재제가 일어나고 있습니다. 표면적으로 우리는 국민 건강 증진을 지향하는 세상을 살아가고 있는 것입니다. 담배를 선전하는 광고는 철저히 금기시되는 한 편, 금연을 장려하는 나름의 시도는 활발히 진행되고 있습니다. 다르게 말해 우리에게는 학창 시절 질 안 좋은 애들과 어울리지 않는 이상 누가 억지로 담배를 피우라고 장려하는 일은 좀처럼 일어나지 않는다는 얘기가 될 터입니다. 즉, 과거와는 달리 현대의 흡연자들은 대개 자발적인 욕구에 의해 흡연 행위를 향유하고 있는 것입니다(예외는 물론 존재하겠지만). 그러한 측면에서 현대의 젊은 흡연자들은 사회 전반의 흐름으로부터 미약한 주체성을 띠고 있다고 볼 수 있지 싶습니다. 하지 말라는 짓을 꾸역꾸역해대는 겁니다. 하지 말라는 짓은 일단 결코 하지 않고 보는 이들과는 사뭇 다른 기질입니다.

한데, 시민들의 건강을 증진시키려는 노력은 다름 아닌 시민을 위한 것임에도 어째서 국가나 체제가 소매를 걷고 나서 흡연 행위를 박멸하지 못하는 걸까요. 그 이유는 흡연자가 발휘하는 주체성에는 자신들의 건강을 해칠 권리, 즉 자기 파괴의 권리를 등에 업고 있기 때문입니다. 적지 않은 시민들은 각자 어떠한 이유에 의해 자신의 숨을 더럽히는 한이 있더라도 담배를 입에 물고 싶어 하는 것입니다. 그런 와중에 이 사회에는 일부 시민들의 자기파괴 욕구를 다른 긍정적인 것으로 치환시킬 재주가 없습니다. 우리한테 이런 좋은 게 무제한으로 있으니, 머저리처럼 굴지 말고 담배 같은 건 딱 입에 물지도 마십시오, 하고 뻔뻔스레 떠들 거리가 애초에 없는 겁니다. 뿐만 아니라 국민 건강 증진이니 뭐니 해도 현대 자본주의는 다른 무엇보다 집단의 이익이나 목표를 우선시하는지라, 줄담배를 피워 수명을 깎아 먹더라도 열심히 일해 주는 쪽이, 무능한 인간이 백년해로하는 쪽보다 득이 된다고 판단하였을 것입니다. 하여, 제도는 어쩔 수 없이 흡연 행위를 사살하는 대신, 흡연자와 비흡연자를 격리시켜 피해와 불만을 최소화하는 방향으로 갈래를 잡아 왔지 싶습니다. 그럼에도 비흡연자들의 불만이 사그라지지 않는 거로 보아, 뜻대로 되는 게 별로 없는 모양이지만요.

이유야 어떻든 흡연자들은 담배를 피우고 싶어 합니다. 혹은 피우고 싶지 않지만 계속해 피울 수밖에 없는 처지에 놓여 있습니다. 이렇게만 들으면 내가 흡연 행위를 예찬한다거나, 흡연자들의 입장을 옹호하는 것처럼 들릴지도 모르겠습니다. 하지만 딱 잘라 말해, 그러고 싶은 생각은 전혀 없습니다. 혹자에게는 듣기 거북한 얘기가 될 테지만, 흡연자인 나조차 대부분의 흡연자들에게 평균을 아득히 웃도는 부정적인 견해를 갖고 있습니다. 눈총의 대상을 대부분의 흡연자라고 제한했으니 이 혐오감은 그들이 흡연

자라는 이유만으로 성립되는 것이 아님을 미리 밝혀 두겠습니다.
무슨 얘기인가 하면, '흡연 행위를 향유하는 삶'을 일상적으로 길
에서 마주하는 '흡연자'들의 모습과 분리시켜 생각할 때에는 '주체
성', '자기 파괴의 권리'를 운운하며 그렁저렁 호의적인 얘기를 할
수도 있으나, 보다 입체적인 사고로 돌입해 경계선을 허물고 나서
는, 필자의 인류애는 또 한 번 도가니를 걷어차이고 마는 겁니다.

　　　불특정 다수 흡연자들의 꼬락서니는 언제나 내 기분을 언
짢게 만듭니다. 길바닥에서 맞닥뜨리는 그들의 언행은 영화나 책
에서 보고 들은 것과는 딴판입니다. 유명 철학자의 말을 빌리자면,
흡연을 통해 자기를 파괴하고자 하는 욕구는 바로 그 파괴 행위를
통해 지금 한때를 확실히 소유하려는 욕구에 의한 것이라고 했습
니다. 그런데 그들이 소유하고자 하는 순간이 겨우 술집 늘어선 시
가지 골목에 인상 구기고 서서 주변에 피해를 끼치는 거면, 어쩐지
나 같은 사람은 고개를 푹 숙이게 됩니다. 덮어놓고 말해 고상하
지 못합니다. 시끄럽고, 냄새나고, 보기 흉합니다. 이따금 내가 담
배 같은 거 입에 물지도 말아야지, 하고 생각하는 건 담뱃갑에 적
힌 경고 문구처럼 성 기능을 비롯한 건강 문제를 경계해서가 아닙
니다. 거리 흡연자들의 술 오른 낯짝, 격앙된 목소리, 고약한 표정,
저급한 언행, 가래 끓는 소리, 광물 수준에 가까운 버르장머리를
맞닥뜨리게 되기 때문입니다. (아이디어 하나. 어디 더러운 길바
닥에 둘러 모여 건들거리며 담배를 피우고 있는 이들의 모습을 촬

영한 뒤에, '아.'하고 단 한 음절의 워딩을 담뱃갑에 삽입하면, 흡연율은 확실히 고꾸라지지 않을까?)

　내 경우, 사람들 사이에 서서 담배를 피우는 일은 전혀 없다고 해도 좋을 만큼 드뭅니다. 특별히 꼴사납게 굴지 않더라도, 하나 같이 핸드폰에 고개를 처박고 담배를 피우는 대열에 합류하는 일도 없습니다. 나로서는 그와 같은 환경 속에서 흡연 욕구 자체가 성립되지 않는 겁니다. 뇌가 니코틴과 타르를 아무리 갈망해도 그딴 장면에 스스로를 위치시키고 싶지 않다는 이성이 흡연 욕구를 완벽히 전복시킵니다. 나의 영혼은 전력을 다해 그와 같은 장면을 소유하기를 거부하는 것입니다.

　나름 사유한 바가 있습니다. 거리 부랑자들의 흡연 행위가 그토록 추한 이유는, 그들에겐 흡연 행위의 본질이 '목적'으로서 기능하기 때문이 아닐까 싶습니다. 요컨대 흡연을 위한 흡연입니다. 흡연 행위 그 자체가 목적으로 기능하는 순간, 고상함은 아무렇게나 찌그러져 추방당하고 맙니다. 그들은 주변 사정이야 어떻든 목적을 향해 신이 나서 달려 나가는 겁니다. 주변에 피해를 끼치든 말든, 수명이 반 토막 나든 말든, 주변의 따끔한 눈총을 받든 말든, 오만 정이 다 떨어지는 꼴을 하든 말든. 그들은 멍청한 표정을 짓고 가려운 곳을 벅벅 긁을 따름인 것입니다.

　흡연을 위한 흡연은 고상하지 못하다고 말했습니다. 내가 생각하는 바람직한 흡연의 요점을 정의하기에 앞서, 내 얘기를 해 봅시다. 나는 글을 본격적으로 쓰기 시작하면서 담배를 피우기 시작했습니다. 성인이 되고 나서도 몇 해 이후의 일임에도 이렇게 영영 멀어졌다는 실감뿐입니다. 발레를 할 적에는 한 번도 흡연 욕구를 느껴본 적이 없습니다. 몸에 안 좋으니까, 악취가 나니까, 이가 노랗게 변할 테니까, 라는 식의 이유를 떠올려서는 아니었습니다. 다만 피워볼까, 라는 생각 자체가 들지 않았을 뿐입니다. 오래도록 매일을 육체적인 피로에 절어 보냈고, 꽉 짜인 프레임을 공회전하는 일상을 보냈더랍니다. 그러니 안 하던 짓을 한번 해 볼까, 하는 식의 도발적인 사고 자체가 좀처럼 발화되지 않았던 겁니다. 그러다 춤을 추지 않기로 마음먹은 뒤로는 별안간 안 하던 짓을 하나둘씩 덥석덥석 집어 들기 시작했는데, 그때 골라잡아 여태 붙들고 있는 것 중 두 가지가 글쓰기와 담배입니다.

그렇게 오늘까지 이어지고 있는 흡연 행위가 내게 발휘하는 기능은 대개 '수단'으로서의 것입니다. 예를 들어 글을 쓰는 도중에는 필시 환기가 필요한 순간을 맞닥뜨리게 됩니다. 그런데 그것이 단편적인 환기로 그치지 않으면 다시 책상 앞으로 돌아와 글을 쓰기가 무척 힘겨워집니다. 세상에는 글쓰기보다 쉽고 재미난일이 넘쳐나기 때문인데, 이때 한적한 장소를 골라 담배를 한 대태우면서 이 생각 저 생각 골몰하노라면, 글쓰기와 글쓰기 사이의여백을 글쓰기의 호흡으로 이어 나갈 수 있습니다. 요컨대 튕겨 나가지 않고 머무를 수 있는 겁니다. 담배를 태우지 않고 집필을 이어 가는 건 문장을 짓는 감각에 견줄 만큼 고귀한 재능이 아닐까 생각하고 있습니다. 나 같은 사람은 여기까지 적는 데에만 꽤 여러 개비를 피웠으니 말이죠.

또 처해있는 환경이나 관계로부터 잠시 거리를 두고 싶을 때 흡연은 무척 도움이 됩니다. 글쓰기 과정에서 흡연이 환기와 매듭의 도구였다면, 일상에서는 오히려 고립 혹은 단절의 도구인 셈입니다. 어디선가 누구랑 뭘 하던, 잠시 자리를 떠 고상하게 앉아 담배를 피우면 뒤틀린 천지가 일장 평안을 되찾는 기분이 듭니다. 나 여기 이렇게 잘 있구나, 하고 느긋이 자조할 틈을 얻는 것입니다. 이만하면 잘하고 있어, 생각보다 좋은 사람들이네, 라고 생각하고는 자리에 돌아와 한결 더 참을성 있는 미소를 지어 보일 수 있는 겁니다. 반대로 나 여기 잘못 있구나, 하는 성찰이 들 때도 있습니다. 반대의 경우와 마찬가지로 무척이나 유익합니다. 어째서 잘 있지 못하는지, 무엇이 문제인지 같은 걸 곰곰이 생각하며 부조화에 대한 객관적인 통찰을 얻을 수 있기 때문입니다. 잘못이 나에게 있는지, 혹은 타인에게 있는지, 또는 누구의 잘못을 탓할 수조차 없는 최악의 상황인지. 꽁초를 버릴 때 즈음에는 조금이라도 감이 서는 겁니다. 그 자리에서는 미처 정리되지 않던 논리나 생각의 구조를 차분히 정비할 틈을 얻을 수도 있고, 애쓸 필요까지는 없잖아, 별수 없는 거야, 하며 스스로를 다독일 수도 있는 데다, 때로는 한번 제대로 대들지, 마지막으로 한 번 더 마음을 베풀어 볼지 명료해지는 찬스를 얻기도 합니다.

일상 속에서 동시다발적으로 일어나는 여러 일들과 대화, 상황, 현상 등을 각각 고유의 음을 내는 악기라고 상상해 봅시다. 그렇다면 우리의 하루는 여러 악기들의 합주로 이루어져 있을 겁니다. 때로는 특정 악기의 솔로 연주가 이어지고, 여러 악기가 화성을 이루기도 하고, 아무튼 나름의 리듬과 구성을 갖고 다채로운 연주가 진행됩니다. 아무래도 꽤나 속주로 진행되는 리듬일 텐데, 담배를 피우는 순간은 멜로디의 진행 중 모든 악기가 동시에 연주를 멈추는 한 박자 내지는 두어 박자의 침묵으로써 관객의 주위를 사로잡습니다. 리듬의 진행 중 비워 두는 몇 박자는 무음이나 여백이 아닌, 의도된 연주의 일부분인 것이지요. 단순히 한 템포 쉬어 간다는 개념이 아닌, 비워 둠으로써 오히려 연주에 풍미를 더하는 겁니다. 역시 한 치의 오차도 없이 적확히 설계된 음계가 빼곡히 들어찬 연주보다는, 물 흐르듯 느슨히 박자를 쥐고 노는 감각적인 연주가 내 취향입니다(연주자 입장에서는 그런 감각적인 연주야말로 고난이도겠지만).

위에서 말한 두 가지 흡연 행위의 기능은 철저히 수단으로서 기능하는 바였습니다. 글을 몇 줄 더 쓰기 위한 수단. 일상 속에서 객관적인 통찰과 차분함을 얻기 위한 수단이지요. 그런데 나는 흡연 중 수단과 목적이 표리일체하는 황홀한 순간도 소장하고 있습니다. 그건 특정 상황에 대한 강렬한 소유욕에 의해 들끓는 욕망인데, 충만하다 여겨지는 시공간을 나직이 소유하는 것, 세계의 속도감 속에서 희생당하는 찰나의 미적 가치를 고상하게 끌어안는 것, 즉 시간의 낙하를 정확히 낙수 지점에 서서 맞는 것입니다.

　　사랑하는 사람과 다정한 정사를 나눈 뒤에 함께 태우는 담배는 육체적인 쾌락에 상응하는 충만한 행위입니다. 채 식지 않은 목덜미를 맞대고 연기를 뿜을 때면, 새어 나간 혼이 전등 아래 중탕되어 뒤섞입니다. 외부의 풍경은 모조리 가짜가 되고, 쌕쌕 들썩이는 우리 둘만이 진짜처럼 느껴집니다. 우린 여기 이렇게 맞닿아 있는데 저 사람들은 돌아다녀. 비가 그쳤어, 비 온다. 해 떴어, 황혼이야. 첫차다, 막차네. 새 소리야, 고양이야. 똑똑해, 멋져, 불량해, 어이없어 등. 담배 연기에 곁들여 어떤 말을 뱉든 그 안에는 만족스러운 날숨이 공존합니다. 충만의 순간을, 충만한 관계와 충만한 행위로 고양하는 것. 두말할 것 없이 이 파트야말로 나에게 있어 흡연 행위의 본질적인 요점이 아닐까 생각하고 있습니다. 상큼한 하드 아이스크림 하나를 번갈아 베어 먹으며 담배를 나눠 피우는 것만으로 충만함을 느낄 줄 아는 이들이 바깥세상에서 무언가 심각한 문제를 일으키는 경향이 있다는 소식을 들으면, 나는 무척이나 놀랄 것 같습니다.

　　주변에 피해를 전혀 끼치지 않는 선에서 안 해도 되는 짓을 꾸역꾸역해내는 이들을 좋아합니다. 드러내 놓고 마구 좋아할 수는 없겠지만, 언제나 조용히 응원하고 있습니다. 동료애라고 해도 좋을 테지요. 그들에게는 '사람들은 중요한 게 뭔지 몰라.' 하고 말할 자격이 있습니다. 사람 좋게 웃고, 속으로 콧방귀 뀔 자격이 있는 것입니다. 자신의 기호를 스스로 결정해 나가겠다는 기본 스탠스가 그들에게는 갖춰져 있기 때문입니다. 때때로 담배를 고상하게 피우는 이들을 발견하면 어딘가 대책 없이 해방되어 있다는 인상을 받곤 합니다. 저 한편에서 매일 느긋이 담배를 피우는 저 사람, 뭐 하는 사람이고, 어떤 생각을 하는 사람인지. 혼자서 이런저런 상상을 해 보게 되는 겁니다. 그러한 관심은 종종 종잡을 수 없는 영감으로 이어지기도 합니다. 창작을 업으로 삼는 나로서는 귀한 인연이라면 인연일 테지요. 그런 생각을 하면 이 세상에 담배 한 대가 부추긴 인연의 총합이 얼마나 커다랄지 가늠하기 어렵습니다. 눈에 보이지 않는 것이라고 해서, 통계할 가치가 없다고 치부되는 일이라고 해서, 그런 걸 그저 우습게 여긴다면 낭만은 당장에 사어死語가 되고 말 것입니다.

　　덧붙이는 얘기인데, 흡연 행위는 어쩔 수 없이 자기 자신에게, 그리고 주변에 폭력을 가하는 행위입니다. 누구나 서로가 서로에게 각기 다른 폭력을 가할 수밖에 없는 세상이지만, 적어도 흡연자들은 최소 폭력을 위해 애쓸 의무가 있습니다. 그러니 대한의 흡연자들은 부디 엉덩이 긁는 고릴라처럼 서서 폐 끼치지 말고, 담배를 좀 고상하게 피워 주기를 바랍니다.

오락
娛樂

　무척 간만에 PC방에 다녀왔습니다. 금일 정오 전까지 꼭 처리해야 하는 업무가 하나 있었는데, 이 우매한 작자는 까맣게 잊고 있었습니다. 별안간 뜨악, 하고 멈춰선 때는 모처럼 친구를 만나러 나선 길이었습니다. 다행스럽게도 내 수족과도 같은 보스턴백에는 거의 언제나 노트북이 들어 있습니다. 만나러 가던 친구에게는 부리나케 양해를 구했습니다. 그렇지 않아도 매번 늦어서 오늘만큼은 만회해 볼 심산으로 서둘렀거늘, 이거 진짜 나름대로 억울한 심정이 되고 맙니다. 하지만 기한을 놓치면 일전에 들인 공이 모조리 수포로 돌아가는 종류의 용무였는지라, 점심밥에 커피까지 사겠다고 둘러대고는 부랴부랴 근처 카페에 들렀더랍니다. 그렇게 단숨에 후루룩 마셔 버릴 차가운 커피를 주문하고서 자리에 앉아 마음을 졸이는데, 아뿔싸, 대관절 노트북이 먹통인 겁니다. 달래도 보고 얼러도 봤지만, 전혀 말을 듣지 않습니다. 입술도 못 축이고 뛰쳐나와 PC방을 찾아 눈썹 휘날리게 달려야 했습니다. 할 일 미루는 버릇 안 고치면, 진짜 한번 큰코다치게 될 거라고 자조했습니다.

제출 기한인 정오를 단 2분 남기고, 간신히 이메일을 전송했습니다. 침착하게 용무를 마친 것이었습니다. 한숨 돌릴 틈은 없었습니다. 친구가 기다리고 있는 겁니다. 뛰어올 때 흘린 땀이 채 식지도 않았지만, 자리를 박차고 일어났습니다. 그렇게 곧장 바깥으로 나서려는데, 순간 어딘가 불친절한 감각이 시상을 강타해 걸음을 멈췄습니다. 마치 좁은 길목에서 비둘기 떼를 맞닥뜨렸을 때와 같이 어떤 불결한 인상에 압도되어 걸음이 얼어붙은 것이었습니다. 그때의 나는 그게 정확히 어떤 감각인지 뭐라 정의할 수 없었습니다만, 일단 당황하지 않고 주위를 살폈습니다. 꽤 오랜만에 찾은 PC방이지만, 마지막이라고 해 봐야 지난해 정도이니 내외할 것도 없었습니다. 쾌적한 실내 온도와 들쩍지근한 패스트푸드 냄새, 생소하지 않은 타건음과 소음의 정도, 그 어느 것도 길에서 비둘기 떼를 맞닥뜨렸을 때와 같은 기분을 느껴야 할 이유가 없었습니다. 하지만 분명히 그곳에 있는 무엇인가가 계속해 내게 무력감 같은 걸 안기고 있었습니다. 결국 할 일 없이 기다리고 있을 친구 얼굴을 떠올리며 애써 걸음을 이었지만, PC방을 빠져나와 택시를 잡아타고도 한동안 그 원인불명의 무력감은 내게서 벗겨지지 않았습니다.

늦어진 점심을 해결하고, 커피를 마시면서 친구에게 오전에 있었던 일을 얘기했습니다. 아까 PC방에 있을 때 어딘가 좀 이상한 기분이 들었다고. 뭔지 모르겠는데, 좀 불쾌한 감각이었다고. 그런 얘기를 입 밖에 내고 보니 조금은 명확한 상이 맺히는 것 같아 계속해 말을 이었습니다. 순간이지만, 힘이 쭉 빠지면서 길을 잃은 기분이 들었다고. 아니, 동력을 잃은 기분이 들었다고 말입니다. 얘기를 들은 친구는 진짜 다정하게 웃으면서 내게 한마디로 말해 주었습니다. 지독하다고. 무슨 뜻이냐고 묻는 내게 그 애는 이렇게 대답했습니다. "PC방은 아무 생각도 안 하면서 시간 죽이러 가는 곳이야. 불쾌한 감각? 동력? 누가 들으면 지랄한다고 할 거다."라고 말입니다. 그 애는 말을 이었습니다. "그런데 하긴 그래. 거긴 너 같은 애가 잘 있을 곳이 못 되지."라며. 흥미로운 얘기로 들렸습니다. 좀처럼 다양한 사람을 만나 어울리지 않다 보니 타인이 나에 대한 인상을 얘기할 때면 언제나 재미나게 듣게 됩니다. 나는 "그런데 그렇게 장사가 잘돼?" 하고 물었습니다. 친구는 "그야 생각 없이 죽이는 시간이 제일 편안하잖아. 야, 생각보다 생각 같은 거 하고 싶지 않아 하는 사람들이 많아."라고 그 애는 말했습니다. 나는 그 말을 이해할 수는 있지만, 공감할 수는 없다고 대답했습니다. 그랬더니 그 애가 말하길 "내 생각에 그건 네가 게임을 안 해서 그러는 거야."랍니다. 나는 감탄하며 고개를 끄덕였습니다. 과연 같은 경험, 혹은 일체개고의 다정한 마음 없이 공감은 성립될 수 없는 것이라고 어느 책에서 읽었더랍니다. 그런가, 하는 정도로 넘어가려다 말고 한 가지 의문이 들어 그대로 물었습니다.

"너도 게임 안 하잖아?" 그러자 그 애는 재미난 표정으로 되물었습니다. "왜 그렇게 생각하는데?" 하고. "그야 최근 몇 년 동안 네가 게임 얘기하는 걸 한 번도 들은 적이 없으니까."라고 대답했습니다. 그랬더니 그 애가 하는 말이 "그것도 네가 게임을 안 하니까 그렇지. 게임 안 하는 애한테 게임 얘기를 해서 뭐 해? 난 고등학교 때 애들 만나면 지금도 PC방에 가."랍니다. 그렇구나, 하고 고개를 끄덕일 수밖에 없었습니다.

　　나는 친구의 말대로 게임이라는 것을 즐기지 않은 지 꽤 되었습니다. 그럼에도 게임에 매료되어 시간을 보낼 때의 안락함에 대해서 기억하는 바가 전혀 없는 것은 아닙니다. 그건 '아무런 생각을 하기 싫어서'와 같은 이유에 의한 것이기 이전에 단순히 게임이라는 것이 무척 '재미나게' 만들어졌기에 가능한 일이었습니다. 요컨대 게임은 오락으로서 훌륭히 기능하는 매개인 것입니다. 나는 물론 오락을 향유하는 일에 대해 시비를 걸 생각은 추호도 없습니다. 그러나 그것이 인간으로서 마땅히 행해야 할 사유를 죽여 버린다면, 나는 그것을 추호도 긍정할 수 없습니다. 친구의 말대로 아무런 생각을 하지 않기 위해 게임을 한다면, 그 오락은 우리네 삶에 있어서 위험한 일이지 싶은 겁니다. 데카르트는 말했습니다. 생각하기에 고로 존재한다고. 사유란 개념, 구성, 판단, 추리 따위를 행하는 응당 인간의 이성 작용입니다. 즉, 사유하지 않는 인간은 본성을 박탈당한 존재와 같은 겁니다. 예컨대 씹을 수 없는 빵,

바퀴 빠진 할리 데이비슨, 잠 안 깨는 에스프레소, 바늘 부러진 턴테이블처럼.

이렇게 쓰다 보니까 친구와의 대화에서 점차 뚜렷해진 단상이 그럴듯한 논리마저 갖추기 시작했습니다. PC방에 도착한 나는 요금을 지불한 뒤 자리를 골라 앉아 용무를 보기 시작했고, 이십 분쯤 지나 일을 마치고는 서둘러 출구로 향했습니다. 그러는 동안 그곳에 있던 또래로 보이는 이들이 족히 3~40명쯤 자리에 앉아 게임을 하고 있었습니다. 몇 명 줄지어 앉은 이들과 혼자 앉은 이들이 뒤섞여 영혼 없이 정면을 응시하더랍니다. 그들은 이따금 목을 쭉 뺀 채로 나직이 무어라 중얼거리는데, 와중에 두 손은 무지 바쁘게 움직였습니다. 굽은 등에 걸린 굽은 목에 희멀건 골통이 매달려 등받이 높은 의자에 파묻혀 있었습니다. 생명력이나 미의식이라고는 눈 씻고도 찾아볼 수 없는 장면 속에 오로지 두 손만이 바쁘게 움직이던 겁니다. 이따금 신경질적인 욕지거리가 들려왔습니다. 어디를 향하는 건지 알 수조차 없는 욕지거리였습니다. 그들은 게임 중에 거슬리는 심기를 곧장 입 밖으로 뱉어 버리곤 했습니다. 사람들 모여 있는 장소에서 모니터를 향해 듣기 싫은 욕지거리를 내뱉는 게 비상식적이라는 자각은 애초에 없습니다. 노상 PC방에 상주하는 그들끼리는 지극히 자연스러운 모습인 모양이지요. 누구는 키보드를 주먹으로 내려칩니다. 남의 물건을 빌려 쓰고 있다는 자각은 일절 하지 못한 채, 난폭한 소음이 주변에 피해를 끼친다는 자각도 전혀 하지 못한 채. 그들은 파릇한 아침부터, 어쩌면 시커먼 새벽부터 죽 그런 꼴을 하고 있었을 겁니다. 그와 같은 행태는 그간 나와는 관계가 없는 일이었습니다. 맞닿을 접점이 없는 것이었지요. 하지만 어쩌다 PC방에 들리는 바람에 그러한 인상을 온몸으로 체감하고 말았습니다. 그리고 멈춰 섰습니다. 사유하지 않는, 사유의 필요를 잊은, 사유하기를 포기해 버린 이들의 그림자가 내 걸음을 옭아맸습니다. 그들 사이에서 나는 강제로 무장 해제되었습니다. 예민하면서도 유연한 사유방식을 머리 안에 장착하기 위해, 타인의 사유에 호응과 환기를 일으키기 위해, 즐겁게 수집한 미의식을 내게 두르기 위해 해 온 그간의 노력 전체를 부정당하고 만 것이었습니다. 그곳은 위기를 체감하지 못하는, 그보다 위기의 의미 자체를 알지 못하는 사유의 고립과 정체, 미의식의 소실과 부재, 나아가 인간 본성 상실의 현장이었습니다. 내가 출구를 향해 걷다 느낀 무력감은 행여 그 꼴이 내게 묻을까 그토록 불편한 마음이었던 것이지요.

  게임 화면 앞에서 오랜 시간을 보내게 되는 이들은 분명 자기 삶의 일부분이 만족스럽지 못하다는 사실을 어렴풋이 인지하고 있다고 생각합니다. 때문에 그들은 자신의 주위를 게임 세계에 매료시키는 겁니다. 제 손으로 사유 기능을 차단함으로써 불편한 자각을 지우고 괴로움으로부터 뒷걸음질 치는 것입니다. 재미나게 지어진 게임은 망각의 수단으로서 최고의 기능을 수행할 테지요. 좋고 나쁘고를 떠나서 일단은 자신을 둘러싼 세계의 맥락과 속도감으로부터 한 발짝 물러나는 데 성공한 셈입니다. 하지만 그것은 주체적인 사유와 행동으로부터 쌓아 올려진 해방감이 아닙니다. 단지 눈과 귀를 가렸을 뿐입니다. 하지만 게임 속 캐릭터가 근사해질수록, 실력이 향상될수록 현실 속 불만족의 실체는 조용히 그 몸집을 불려나가고 있습니다. 염증은 서서히 썩기 시작해 벌레가 들끓고, 지독한 악취마저 풍기게 될 테지요. 곧잘 할 일을 미루다 곤란에 처하는 나라서 더욱 확신할 수 있는 얘기인데, 무언가를 나중으로 미룬다면 언젠가는 필시 그것을 정면으로 맞닥뜨려야하는 때가 오게 되어 있습니다. 그때서는 온전한 의미의 자기애가 무엇인지 완전히 까먹은 채로 이 어려운 삶을 살아가야 하는지도 모르겠습니다.

말하지 않아도 읽는 동안 체감하셨을 테지만, 역시 게임만이 문제가 아닙니다. 여러 매체의 어긋난 오락은 현대인들의 영혼 (뇌)을 무척 치명적으로 망가뜨리고 있습니다. 온갖 미디어를 통해 우리들 눈에 노출되는 방대한 양의 정보는 아이러니하게도 우리들의 머릿속을 희뿌옇게 만들고 있습니다. 인간의 머리가 꽤 비상하다지만, 전례 없이 빠른 속도로 발전해 버린 테크놀로지의 속도감은 도무지 따라잡을 수 없기 때문입니다. 저마다의 정도 차이가 있다 하더라도 인류의 지능은 그에 대한 대비를 마치지 못했습니다. 기하급수적으로 늘어나는 정보량에 점진적으로 적응해 나갈 시간이 넉넉히 주어진 적 없기 때문입니다. 지난 수십 년, 테크놀로지와 산업기술에 힘입어 인류는 여러 방면에서 최적의 속도를 향해 내달려왔습니다. 그리고 현시점을 기준으로 이미 오래전에 최적의 속도를 완성시켰습니다. 하지만 어떤 이유에선가 그들은 만족하지 않았고, 특이점 너머를 향해 끝없이 내달리고 있습니다. 그러한 반인류적 오류의 맥락 속에서 최소한의 저항 의식을 갖지 않았기 때문에 우리는 온갖 음모와 계략으로부터 취약합니다. 병든 정신은 하소연할 곳조차 잃어가고, 병들어버렸다는 실감조차 느끼지 못하는 이들은 눈이 먼 채로 세계를 더듬어 나가고 있습니다. 어디까지나 비유지만, 그러한 맥락으로부터 위기의식이나 나름의 제동 장치 없이 살아가는 이들에겐 연기가 피워 올라도 출구를 향해 뜀박질할 자격이 없습니다. 그 삶에는 이미 불길이 번져가고 있기 때문입니다. 다 타고 죽은 땅의 면적이 늘어가고 있습니다. 숨 쉴 산소가 줄어가고 있습니다. 불붙은 넝마가 내뿜는 희뿌연 연기가 천지를 가리고 있습니다. 자신에 대해, 자신을 둘러싼 세상에 관해 자조하지 않는 이는 제 초라한 인격을 두고 무언가를 탓할 자격조차 없습니다. 운명의 상대를 만나서조차 진득이 떠들거리 몇 가지 없는 비루한 삶. 미디어 매체를 통해 답습한 몇 가지 저급한 유머가 남을 웃게 만들 유일한 도구인 삶. 무엇이 자신을 충만하게 하는지, 아니, 충만이 무엇인지 깨닫지 못하는 삶, 알 필요조차 느끼지 못하는 삶. 어떤 이들은 이토록 젊고 좋은 때에 스스로 자처하고 있습니다.

어쩌다 보니 꽤 진지한 얘기가 되어 버렸는데, 독서나 클래식이 고리타분하다는 식의 얘기가 심심치 않게 들리듯이, 이런 얘기도 못할 이유가 없지 싶습니다. 적어도 세계를 점철하는 부주의하고 저급한 발언과 입장들에 비하면 이 정도는 점잖음의 수준이 싯다르타의 가르침과 버금간다고 생각합니다. 다만, 혹자에게 게임은 단순한 오락이 아닌 밥벌이 수단이기도 하니, 그러한 경우에는 꼬집을 곳이 없다고 생각합니다. 그들에게 게임은 자신들의 삶을 지탱해 나가기 위한 수양이자, 생존의 영역이니까요. 프로가 아니더라도 게임 실력을 갈고닦아 쟁취한 만족감을 통해 세상을 더욱 자신만만하게 살아가고 있다면야, 내가 하는 훈계 같은 건 거들떠볼 필요조차 없습니다. 이봐, 나는 나대로 마음껏 살아가고 있어. 당신 나랑 게임에서 만나면 찍소리도 못해, 하고 당당히 말할 수 있는 이라면, 부디 그대로 제멋대로 살아가 주기를 바랍니다. 그건 그것대로 속도감으로부터 해방된 모습일뿐더러 충분한 생명력을 지닌 모습이라고 생각하고 있으니까요. 결국 내가 하려는 말은 바로 그런 마음가짐으로 세상을 살아가보자는 겁니다.

레코드
- 오전 -

　　보통의 나는 열 시까지 출근한다. 버스에서 내려 골목길 어귀에 도착하면 가장 먼저 문 앞에 쌓인 박스들이 '여어, 한참 기다렸어.' 하고 내게 손바닥을 들어 보인다. 업무의 시작은 바로 그 박스들을 실내로 옮기는 것으로 시작된다. 하루의 첫 번째 담배를 꺼내 불을 붙인다. 그리고 햇살 아래 한가로이 놓인 박스 더미와 눈싸움 한판을 벌인다. 꽁초를 비벼 끈 뒤에는 비장하게 다가가 박스를 부둥켜안고 씨름을 한다. 어느 날도 예외는 없다. 언제나 그곳에는 작은 박스 하나라도 놓여있다. 내용물은 대부분 외국, 즉 주로 일본과 영국, 그리고 미국에서 건너오는 수입 음반이다. 레코드라는 것은 시시콜콜한 이유로 상품 가치가 좌우되는 물건인지라, 필요 이상의 부피로 포장되어 도착한다. 그런데 도통 몇 번이나 언질을 뒀음에도 불구하고 기사님은 왜 자꾸 박스를 문 바로 앞에 쌓으시는 걸까. 문을 열기 위해 옆으로 옮기고, 그걸 또 실내로 옮기려면 결국 같은 일을 두 번 하는 꼴이 되고 만다. 처음부터 문 앞을 피해 쌓아 주시면 좀 좋을 텐데. 쩨쩨하게 구는 것 같아 보여도, 어려운 일이 아닐뿐더러 남는 공간은 넘쳐난다. 뭔가 그럴 수밖에 없는 사정이 있는 걸까? 알 수 없다.

고즈넉한 레코드숍에서 파트 타이머로 일하는 건 내가 학창 시절부터 꿈꿔 온 일 중 한 가지였다. 요컨대 버킷리스트 같은 거. 대학에 붙으면 개강 전까지 낮에는 운전면허 학원을 다니고, 저녁에는 레코드숍에서 아르바이트를 하고 싶었다. 그러나 정말로 대학에 합격했던 당시에 알아 본 바로는, 국내의 경우 시장 자체가 작을뿐더러, 대형 매장이 아닌 이상 여타 다른 업종에 비해 업무량이 적다 보니, 아르바이트를 고용하지 않고 1인 체제로 운영되는 경우가 많다고 했다. 또한 어쩌다 자리가 난다 해도 레코드 음반에 대한 이해도가 입증된 지인이나 동업자, 혹은 단골손님이 꿰차는 경우가 잦고, 그러니 일반적인 구인구직 사이트에서 레코드숍의 이름을 발견하는 일은 거의라고 해도 좋을 만큼 드물다고 했다. 갓 스무 살이 된 내겐 그렇다니까, 하고 깜빡 잊어버릴 일에 불과했다. 하지만 그로부터 수년이 지난 어느 점심, 나는 운이 좋았다.

때는 정부로부터 소액의 재난 지원금을 받은 직후였다. 나는 그 돈을 몽땅 써 버릴 각오로 이따금 들르던 레코드숍으로 향했다. 모처럼 뒷일은 생각지 않고 벼르던 앨범들을 척척 골라 계산대 앞에 선 거다. 그런데 계산대에 사람이 없었다. 살펴보니, 사장으로 보이는 한 남자가 유리로 된 가게 외벽에 웬 종이를 붙이고 있었다. 나는 한정반 소식인가, 싶어 그 종이의 정체를 유심히 살폈다. 거기에는 진짜 커다랗고 투박한 글씨로 '직원 구함'이란 글씨가 거꾸로 적혀 있었다. 그 종이 한 장은 벌이가 시원치 않은 내겐 진짜 황홀한 선물이었다. 망설임은 비단 사치에 불과했다. 나는 평소처럼 용기를 끌어낼 겨를도 없이 곧장 밖으로 나섰다. 어쩐지 조급했다. 당시 숍 내부에는 나 말고도 다른 서너 명의 손님들이 있었고, 그들 또한 한 번쯤 레코드숍에서 일하는 로망을 꿈꿨을 것이 분명했다. 오후 한두 시에 레코드숍을 서성이는 인간들이야 어느 정도 빤한 면이 있는 것이다. 나는 얼마간 뒤로 물러서 종이를 붙인 자리를 바라보던 사장에게 다가가 말했다. 저기, 제가 직원 해도 괜찮겠습니까? 하고. 나는 흥분을 가라앉히려 애쓰며 말을 이었다. 이래 봬도 나름대로 오랫동안 진심이었습니다. 제 말은 그러니까, 이, 레코드라는 것에요. 제가 왜 이런 말을 하는지 아시잖아요, 하고. 그리 말하자 그는 내가 고른 음반들을 뺏어 한 장씩 살피기 시작했다. 나는 발가벗은 기분이 들었다. 그다지 마니아틱한 음반을 고르지 않은 것을 후회하면서 말이다. 그러나 이윽고 그는 '합격'을 의미하는 미소를 지어 보였다. 나중에 알게 된 사실인데, 그동안 매장 일에 집중하느라 미뤄 온 여러 일들을, 코로나가 터진 김에 큰맘 먹고 해치울 심산으로 아르바이트를 고용한 것이라고 했다. 그러니 다소 비약이지만, 나로서는 코로나 덕분에 자그마한 꿈 하나를 이룬 격이었다. 전화위복. 쪼들리는 형편임에도 신중하지 못했던 소비 습관과 예상치 못한 재해 덕분에 나는 벌써 반년이 넘도록 이곳에서 일하고 있다.

박스를 전부 실내로 옮기고 나면, 내용물과 발주서를 비교해 가며 누락된 수량이 있는지 확인한 뒤에 포장을 제거하고, 음반을 한 장씩 꺼내 사진을 찍는다. 품질 검수 단계이다. 간혹 커버 모서리가 찌그러졌다거나 레코드가 휘어서 도착하는 경우가 있기 때문에 꼼꼼히 체크해야 한다. 이 단계만 똑바로 마치면, 골치 아픈 일은 전혀 일어나지 않기에 이때만큼은 정신을 차린다. 그렇게 한 박스 씩 검수를 마치면, 컴퓨터에 재고를 입력하고, 일일이 가격표를 붙인다. 그 다음은 장르를 분류해 각각 섹션에 진열한다. 진열에 크게 공들일 필요는 없다. 요컨대 내가 귀한 레코드 한 장을 엉덩이 밑에 깔고 앉아 숨겨도 그들은 기어코 그것을 찾아낼 것이기에. 이런 건 저쪽에, 저런 건 이쪽에 정도로도 충분하다.

레코드 시장의 수요는 내가 일을 시작한 이후 반년 사이에도 꾸준히 늘어나는 추세이다. 팝, 록, 재즈가 잘 나가고, 그 다음은 영화 사운드 트랙과 힙합이 인기다. 이외의 펑크, 레게, 일렉트로닉, 클래식은 소수의 마니아층에게 의존하고 있는 꼴인데, 바로 그 쪽 취향 사람들을 꽉 잡아 두고 있다는 사실이 내가 일하는 숍의 큰 자부심이다. 하지만 그럼에도 한정반 프로모션이 없는 대부분의 평일 오전은 정말이지 파리만 날린다. 때문에 나는 밀려오는 졸음을 쫓기 위해 갖은 애를 써야 한다. 한 번 바늘을 올리면 몇 곡이 이어지는 12인치 LP 대신, 손이 자주 가는 7인치 EP를 틀고, 별안간 환기를 시키거나, 매대의 먼지를 턴다거나, 마룻바닥을 닦거나, 유리창을 진짜 투명해질 때까지 닦는다거나 하는 식으로 시간을 보낸다. 도저히 할 일이 없을 땐 책을 읽거나 지포 라이터를 꺼내 묘기를 연습한다. 한 시간에 한 번, 정각이 되면 밖으로 나가 담배를 물고, 기지개를 켠다. 이때 손님이 나타나도 곧장 따라 들어가지 않아도 된다. 어차피 이곳에서는 누구도 서두르지 않기 때문이다. 외려 어떤 손님은 '이런 시간에 와 버리게 되어 송구스럽습니다. 실례를 무릅쓰고 느긋이 둘러봐도 괜찮겠습니까?' 하는 뉘앙스로 행동한다. 그런 이들과 눈인사를 주고받을 때, 나는 나의 인류애가 아직 마르지 않았음을 덧없이 실감하곤 한다.

레코드
- 오후 -

열두 시 반이 되면 점심시간이다. 드물게는 도시락을 싸 가기도 하는데, 대개는 옆 골목 일식집에서 끼니를 해결한다. 그곳에서는 한국에서 가장 맛있는 메밀국수와 튀김 덮밥을 맛볼 수 있다. 두 메뉴 중 하나를 골라야 한다면 둘 다 줄 때까지 가부좌를 틀고 버틸 만큼 맛있다. 맛난 국수를 후루룩 들이켜고 있을 무렵이면, 이메일 한 통이 날아온다. 거기에는 새로 들여온 음반과 해당 뮤지션의 간단한 정보를 설명해 주는 글이 담겨 있다. 때로는 턴테이블 기기와 레코드 관리법을 비롯해, 레코드를 들을 때 주의해야 하는 정보 따위도 날아온다. 전부 사장이 직접 적어 보내는 내용이다. 나는 식사를 마치고, 담배를 피우며 그렇고 그런 정보들을 죽 정독한다. 오탈자와 일부 지나치게 전문적인 표현을 체크해 두면서. 그리고 숍으로 돌아가 체크해 둔 부분을 수정하고, 일전에 찍어 둔 사진과 함께 숍 인스타그램 계정에 업로드 한다. 꽤나 유익한 업무이다. 귀감이 되는 뮤지션과 음반, 또 그들의 이야기를 생활적으로 접할 수 있으니 말이다. 동경할 만한 예술가를 아는 것만큼 삶을 농밀하게 만드는 것도 별로 없다.

진정한 따분함은 비로소 시작이다. 오전에는 그나마 할 일이 좀 있는 데다 메밀국수와 튀김 덮밥을 기다리는 희망이라도 있지만, 이때는 맛난 밥도 먹었겠다, 겨우 쫓아낸 졸음이 솔솔 밀려온다. 이럴 땐 하나둘씩 찾아오는 손님들만이 환기가 되는데, 그들 사이에는 점심 무렵의 속절없는 따분함을 물리칠 만한 싱그러운 한 사람이 있다. 단골이라고 불러도 좋은 한 여자 얘기이다. 그녀는 대개 이 무렵에 나타나 굳은 표정으로 미리 정해 둔 음반을 골라 값을 치루고 서둘러 쏙, 하고 사라진다. 조금 전에 오후 한두 시쯤 레코드숍을 서성이는 사람들이 조금은 빤하다고 말했는데, 그녀 역시 어딘가 통일된 고독감을 풍긴다. 예컨대 그들은 해진 스니커즈나 점퍼, 배낭 따위는 아무래도 신경 쓰지 않는다. 다만, 음악을 듣는 데에는 돈과 시간을 아끼지 않는다. 아무런 음악이나 아무렇게 듣지 않겠다는 태도가 그들로 하여금 무겁게 가라앉은 기운을 만들어 낸다. 그녀는 마른 체격에 짧고 정직한 단발머리를 하고 있다. 원체 표정이 없고, 옷차림 같은 게 어쩐지 우중충해서 아무래도 과묵한 타입일 거라고 생각했다.

그런데 한 번은 내가 밖에서 담배를 피우고 있을 때, 그녀가 친구와 함께 나타난 적이 있다. 둘은 내게로 다가와 여기서 담배를 피워도 되냐고 물었고, 나는 손가락 사이에 끼운 담배를 보이며 "안 되는데, 돼요." 하고 대답했다. 그 둘은 마스크를 벗고 담배를 피우기 시작했다. 그런데 친구와 떠들며 히죽 웃는 그 사람 얼굴이 정말이지 사람을 녹아내리게 하는 거다. 저런 미소를 숨기고 있었다니, 새삼 놀라울 정도였다. 그 웃는 얼굴을 본 뒤로는 언제나 내심 그 사람을 기다리게 된 것 같다. 사람을 덜컥 무장 해제시키는 그 미소. 한 번 더 볼까 싶어서.

나는 딱 한 번 그녀와 대화라고 할 만한 이야기를 나눈 적이 있다. 이렇다고 할 결론이 있는 대화는 아니었지만, 혹자는 이런 얘기를 꽤 좋아할지도 모르겠다. 비교적 최근의 일이었다. 그날 역시 통 손님이 없는지라, 나는 '핑크 플로이드'의 어떤 앨범을 들으며 지포 라이터를 공중으로 높이 던져 셔츠 앞섶에 골인시키는 묘기를 연습하고 있었다. 그러던 중, 짧은 머리칼을 자그마하게 묶은 그녀가 여느 때와 같이 한 시와 두 시 사이 무렵에 나타났다. 그녀는 허공을 향해 고개를 살짝 숙여 인사한 뒤, 평소처럼 간결한 몸짓과 동선으로 음반을 찾아 숍을 이리저리 뒤적이기 시작했다. 평소 그녀가 매장에 머무르는 시간은 3분에서 5분 남짓인데, 어쩐지 그날은 평소보다 조금 늦어지는 듯했다. 때문에 나는 따분함을 참지 못하고 또다시 라이터 묘기를 연습을 했는데, 그러던 중 방향을 잘못 잡아 던진 라이터가 콧등 위로 떨어져 버렸다. 정말로 코가 부러진 것처럼 아팠다. 아니, 나는 그것이 부러졌다고 확신했다. 코를 움켜쥐고 다급히 주변을 살폈다. 다행히 그녀는 저쪽 한 편에서 내게 뒷모습을 보이고 있었다. 나는 그때 본 그 사람의 발목과 목덜미를 기억하는데, 그녀가 청바지가 아닌 원피스를 입은 것도, 헤드폰을 걸지 않고 목을 드러낸 것도 처음 있는 일이었다.

그다지 넋을 놓고 지켜봤다거나 한 건 아니다. 코가 아팠으니까. 나는 계산대에서 빠져나와 유리창 앞에 섰다. 코가 깨졌나 확인하기 위해서였다. 다행히 콧대는 휘지 않고 똑바로 서 있었다. 그런데 그때, 그 사람이 내게로 다가와 핸드폰을 보여줬다. 화면에는 숍 온라인 사이트의 한 게시물이 띄워져 있었다. 그녀는 'MD 추천' 태그가 달린 한 음반을 터치해 보여 주며 "이게 좋아요?" 하고 물었다. 그로부터 두어 달 전쯤부터 사장의 호의로 내가 직접 음반을 골라 'MD 추천' 태그를 붙일 수 있게 되었더랬다. 나는 그 말의 의미를, 지금 이딴 앨범이 좋다고 추천을 하는 거냐고 따져 묻는 줄로 알고서 크게 당황했다. 그러나 그녀는 이내 또 다른 MD 추천 태그가 달린 게시물을 보여 주며 "이게 좋아요?" 하고 한 번 더 물었다. 오해와는 달리, 그녀는 내가 추천한다는 두 가지 앨범 중에 어느 걸 고르는 게 좋겠냐고 물었던 거다. 나는 태연한 척 대답했다. 두 번째 걸 더 좋아하실 것 같다고. 이런 말까지 하려니 간질거리지만, 지금 생각해 보면 나는 그 대답이 그녀에게 조금은 이상하게 들리길 바랐다. 당신이 뭘 좋아하는지 기억하고 있어요, 하고 은연히 티내고픈 마음이었다.

그녀는 그날 내가 조언한 대로 두 번째 앨범을 구입했다. 그리고는 들어올 때와 같이 허공에 고개를 숙이고는 곧장 돌아서 바깥으로 나섰다. 그녀가 그날 입은 원피스는 등이 드러나는 것이었다. 그녀의 등에는 종서로 '일일시호일日日是好日'이라는 문신이 한자로 새겨져 있었다. 일일시호일. '매일 매일이 좋은 날'이라는 뜻이다.

레코드
- 퇴근 -

　퇴근 시간 무렵에는 그럭저럭 가게 안이 사람들로 북적거린다. 그다지 넓은 공간은 못 되는지라 서로가 서로의 동선을 배려해야 하는데, 내 쪽에서 말하지 않아도 모두가 어련히 협조한다. 아예 메고 온 가방이나 두꺼운 외투는 바깥에다 벗어 두는 손님도 더러 있다. 그렇게까지 해 주는 마당이니, 아르바이트생 입장에서는 든든하다. 사람이 많으나 적으나 내 할 일은 여전히 느긋이 레코드를 뒤집어 바늘을 올리고, 몇 마디 질문에 형식적인 대답을 하고, 건네받은 음반의 계산을 돕고, 봉투에 담아 도로 건네는 게 전부다. 한 시간에 한 번 담배를 피우는 여유 또한 방해받지 않는다. 가끔 지인에게 선물할 음반을 대신 골라 달라는 부탁을 받을 때가 있는데, 그럴 때면 어떤 장르를 원하시냐고 물은 뒤 가장 잘 팔리는 앨범 두어 가지를 추천한다. 이런 얘기를 하면 성의 없다고 생각할지 모르지만, 나름대로 반년 간 터득한 지혜이다.

　바깥이 어둑해지기 시작하면 따분할 틈도 없이 시간이 빠르게 흐르기 시작한다. 잠시만 다른 생각에 빠져도 이삼십 분쯤이 홀쩍 지나가는 거다. 이때면 나는 때때로 감상적인 상태가 되기도 하는데, 마치 꼭 그리스 이탈리아 남부 해안가 별장의 호스트가 된 기분이다. 내가 관리하는 공간에 머무르며, 잠시간 바깥의 현실을 깜빡 잊는 손님들을 지켜보며, 한껏 애틋해지는 거다. 그런 감상에 젖어 있다 보면 웬 시커먼 사내가 나타나 창문을 콩콩 두들긴다. 사장이다. 그는 선글라스를 슬쩍 내리고 나를 바깥으로 불러낸다. 그러면 나는 쪼르르 나가, 자칭 동교동 보안관님의 담배에 지포 라이터로 불을 붙여 드린다. 나란히 서서 담배를 피우는 동안에는 낮에 연습한 라이터 묘기를 선보인다. 그러면 그는 제 아들의 만점 성적표를 받아든 아버지처럼 호탕하게 내 등을 몇 차례 두들긴다. 그는 전형적인 하와이 히피 스타일이다. 긴 머리칼, 마르고 길쭉한 잔 근육 체격, 무질서한 수염, 선글라스, 햇볕에 그을린 피부가 그렇다. 즐겨 신는 부츠에는 박차를 달아서, 걸을 때마다 척, 척 소리가 난다. 반전이라면 모태 신앙이라는 것. 겉모습은 꼭 무슨 약이라도 할 것 같은데, 술조차 안 마신다. 한 번은 자신이 내 나이 정도일 때라며 10년도 더 된 사진을 보여준 적이 있다. 바로 어제라고 해도 믿을 만큼 스타일이며 체격이며 하물며 서 있는 폼마저 똑같았다. 나는 그의 그러한 외골수다운 면모를 동경한다.

배송 업무를 돕는 게 하루의 마지막 업무다. 내가 손님들 사이에 섞여 온라인 주문이 들어온 음반을 찾아오면, 사장은 그것을 뽁뽁이로 두텁게 감싸 피자 박스처럼 생긴 납죽한 박스에 담고, 테이프를 발라 봉한다. 둘 다 요령이 좋아서 금세 해치우는데, 그러고 나면 퇴근시간이 되기 전이라도 언제든지 퇴근할 수 있다. 하지만 나는 한동안 가게에 남아 사장과 이런저런 얘기를 나누곤 한다. 내가 "형, 오늘은 존 레논을 세 분이나 찾았어요. 그러고 보니 〈Imagine〉 같은 건 못 본 지 좀 된 것 같아요." 하고 말하면, 사장은 "하루에 존 레논을 세 명이나? 비가 오려니까 다들 적적한 모양이다. 그거 공장에서 순위가 밀려 있는 모양이야. 코로나 때문에 일손도 딸리니까 한 몇 달은 보기 힘들 거야." 하고 대답하는 식의 대화다. 비좁은 한편에 앉아서 그런 대화를 속닥속닥 나누고 있으면, 정말이지 집에 갈 생각이 들지 않는다. 나는 이런 식의 대화를, 이런 공간을, 이들의 세계를 사랑하는 것이다.

버스를 타러 가기에 앞서, 푸르스름해진 골목 맞은편에서 숍의 외관을 한동안 바라보곤 한다. 바깥과 대조되는 따뜻한 조명과 협소한 공간에 어깨를 맞대고 서서 조심스럽게 재킷을 뒤적이는 사람들을 구경하는 거다. 이보다 좋은 아르바이트가 또 있을까 싶다. 한가한 탓에 담배를 많이 피우게 된다는 단점이 있지만, 그런 건 불평할 거리가 못 된다. 온종일 감각적인 음반에 파묻혀 한적한 공간, 혼자인 사람들, 취향을 탐구하는 시간을 위해 몇 가지 잡일만 맡으면 그만이다.

택배 기사 아저씨가 박스를 적절한 위치에 놓아주기만 한다면, 도무지 작은 흠조차 없다. 이곳에서는 모두가 한결 누그러진다. 큰 소리로 통화하는 이도, 욕지거리를 내뱉는 이도, 배려 없이 어깨를 부딪치는 이도 없다. 계산을 서두르는 이도, 문을 거칠게 열어젖히는 이도 나타나지 않는다. 그게 참 좋다. 마음에 든다. 정서가 안정된다. 하지만 때로는 너무 좋아서, 지나치게 마음이 놓여서 불안해지는 때도 있다. 어느새 내 본업이 글을 짓는 일임을 깜빡 잊게 되지는 않을까, 하고 생각하는 거다. 이토록 안정적인 공간에 몸을 담고 있으면, 다른 어려운 일은 구태여 행해야 할 필요를 찾지 못하게 될지도 모른다고. 꼭 인정받는 창작자의 위치가 아니더라도 멋진 세계를 구축해 사람들에게 위로를 건네고, 그를 통해 나 또한 안락을 얻을 수 있다는 거, 이곳에서 나는 절절히 깨우쳐 가고 있는 것이다.

언제였던가. 레코드를 올릴 턴테이블을 맨 처음 방에 들이던 때, 그건 이미 구성을 마친 일상 속에 기필코 여유 공간을 욱여넣고 말겠다는 단호한 선언이기도 했다. 예컨대 '일주일에 하루. 이틀쯤은 나 자신을 위해 명상을 하겠어.'와 같은 맥락이다. 아날로그는 1과 0의 세계가 아니라고 했다. 제아무리 고가의 장비와 공들인 세팅에도 오차가 존재하는 것이다. 아날로그는 바로 그 오차와 변수를 받아들이는 태도와 연결되어 있다. 내가 이해하는 아날로그의 세계에는 삶의 철학적 본질을 꿰뚫는 무언가가 있다. 요컨대 절대적인 정답에 도달하지 못했다고 해서 절망하거나 그것을 실패라 속단하지 않는 것. 지향하는 바에 접근하는 과정에서 충만감을 느끼고, 그 과정 속에서 때로는 멈춰서 즐거움과 여유를 만끽하는 것. 그렇다면 느려도 상관없다는 것. 아날로그의 그러한 특수성은 내가 원하는 삶과 올곧이 맞닿아 있다. 한 점과 다른 하나의 점 사이를 선으로 잇기 시작했을 때, 그 선은 끝없이 무수한 가능성을 의미한다. 비록 그 선이 아직 두 점을 완벽히 잇지 못했다 하더라도 말이다. 목표를 똑바로 겨냥하고 있기에, 선의 존재는 유의미하다. 어떤 색이라도, 어떤 물성이라도, 어떤 궤도라도. 자신의 존재가치를 알고, 그것을 소중히 여기는 선은 틀림없이 두 점을 잇고 만다.

에둘러 불확실성의 가치를 추구하는 사람들이 있다. 까진 구두코 따위 조금도 아랑곳하지 않는 이들이 구축하는 느림의 세계가 있다. 나는 언제까지고 그곳에 섞여 들어 살아가고 싶다. 언제까지고 그곳에 머물며 특별한 날마다 레코드를 선물하고, 선물받으며 살아가고 싶다.

기묘한 작업

고작 나 정도 되는 인물이 글쓰기에 대해 뭐라 설파하는 꼴이 우습지만, 글을 지을 때 내 머릿속은 무척이나 소란하다. 책상 앞에 앉아있는 내 모습을 몇 발자국 거리를 두고서 얼핏 본다면 뜨듯한 머그잔을 앞에 두고 차분히 마음의 소리에 귀 기울이고 있는 것처럼 보인다. 그러나 다가서면 다가설수록 진짜 험상궂게 구겨진 미간이 눈에 들어온다. 멀리서는 단정한 다과와 찻잔을 앞에 둔 다인처럼 보여도, 그 속은 번쩍번쩍 난리가 난리인 것이다. 굽어가는 등을 펴고 앉아 침전하려 애쓰며 서너 시간쯤 버티고 나면 완전히 지쳐 버리고 만다. 몸과 마음, 그리고 몰골, 삼박자가 고루 비틀리는 거다.

하지만 그러한 내 쪽의 사정은 곁에서 지켜보지 않고는 좀처럼 눈치 챌 수 없는 것이라서, 다양한 사람들을 만나 이런저런 이야기를 나누다 보면 종종 난감한 얘기를 듣게 된다. 예컨대 이런 얘기이다. 몇 번인가 글이라는 것을 써 보려고 시도해 봤지만,

도무지 어떻게 쓰는 것인지 알 수가 없다. 자신이 쓰는 것은 어쩐지 글이라고 하기에는 부족하다. 글은 어떻게 쓰는 것인가? 또 글을 쓰는 감각은 어떻게 개발하는 것인가? 고르는 말은 조금씩 다르지만, 어떤 이들은 내게 글쓰기에 관하여 묻고 싶어 한다. 그런 얘기를 진지하게 물어온다면야 체면은 좀 서는 것 같아도, 도움이 될 만한 대답을 해 주기는 무척이나 어렵다. 나로서도 그런 것들은 배워 본 적 없을뿐더러, 스스로 수렴한 글쓰기의 방식이 있다고 해 봐야 지극히 두루뭉술한 것이기 때문이다. 그것은 글을 쓰는 방식이라기보다도 생활하는 방식에 가깝다. 나의 필력은 나의 생활력과 닮아있는 것이다. 나는 가능한 한 멋대로 살아가는 쪽이 다른 무엇보다 즐겁다고 생각한다. 그래서 글을 쓸 때도 대개는 그런 식의 마음가짐으로 임한다. 그것이 내가 글을 쓰는 방식이다.

멋대로 살아간다는 것은 아무렇게나 살아가는 것과 다르다. 멋대로 쓰는 것과 아무렇게나 쓰는 것도 다르다. 내가 이해하고 있는 '멋대로'의 의미는 결코 그런 가벼운 개념이 아니다. 얼핏 비슷하게 보이는 그 두 가지 태도 사이에는 결코 하나로 합쳐질 수 없는 결정적인 차이가 있다. 우아함의 유무이다. '아무렇게나'가 플라스틱 조화라면, '멋대로'는 살아 있는 생화이다. 살아 있는 꽃은 호흡한다. 꽃이 피기 전부터 자신의 존재가 꽃임을 누구보다 잘 알고 있다. 그렇기에 자신의 아름다움을 확신한다. 아름다움을 확신하는 일은 우아함 없이 성립될 수 없다. 우아함이 배제된 '멋대로'는 '아무렇게나'로 전락하고 마는 것이다.

집필의 메커니즘이란 자판기와 달라서, 버튼을 누른다고
해서 덜컥 바라는 것이 원하는 모양대로 굴러 나오지 않는다. 게다
가 자신의 직관을 절대적인 언어로 완벽하게 서술할 수 있는 이는
세상에 없다. 그건 언어의 한계이자, 태생, 즉 종족의 한계이기도
하다. 인간의 뇌에는 백 퍼센트 완전한 값을 도출하는 기능이 애초
에 개발되어 있지 않은 것이다. 머릿속을 떠다니는 상념과 송출되
어 나오는 언어 사이에는 언제나 오역과 오차가 존재하기 마련인
데, 따라서 언어라는 불안정한 그릇에는 불완전한 상념조차 온전
히 담아낼 수 없다.

그럼에도. 그럼에도 작가에게는 자신이 사유한 바를 구조
적인 형태로서 근삿값까지 끌어올려야 하는 의무가 있다. 그러기
위해서는 먼저 자신이 하고자 하는 얘기를 여러 각도에서 논증적
으로 성찰해야 한다. 또 그를 위해서는 책상 앞에 앉기에 앞서, 평
범한 일상을 창작자만의 특별한 시각을 통해 바라보려는 백년해
로의 의식을 요구한다. 일지를 쓰는 모두를 작가라고 부르지 않는
이유가 바로 거기에 있다. 떠오른 직관의 속절없는 오류를 인정하
고, 보류한 뒤, 재량을 다해 증명을 펼쳐 보이는 것. 그것이 다름
아닌 작가에게 요구되는 끔찍하고도 섹시한 사명이다. 흡사 다른
얘기처럼 들릴지도 모르지만, 바로 그 까닭에 몇몇 훌륭한 작가의
작품에서는 삶의 고난과 예측 불허함을 수용하고 극복하기 위한

힌트를 얻을 수 있는 것인지도 모른다.

　　마치 잘난 체 떠드는 것만 같은데, 오해다. 해야 할 일이 무엇인지 아는 것과 그것을 실제로 해내는 일은 터무니없이 다른 속성의 사항이다. 나 역시 때로는 초라하기만 한 제 모습을 맞닥뜨리곤 한다. 뜻을 잃고, 용기를 잃고, 희망을 잃고 마는 것이다. 그러나 우아함이라는 태도는 바로 그 초라함 속에서 자라난다. 아름다운 것이 무엇인지 알고, 그것을 자신의 소유로 이끌기 위해 움직이는 것. 그 과정 속에서 맞닥뜨리는 일시적 초라함에도 마지막 기세를 지켜 내는 것. 꽃 피우겠다는 일념 하에 고개를 쳐들고서 볕을 찾아 나서는 것. 비를 맞는 것. 바람을 견디는 것. 우아함은 자신이 쫓는 아름다움을 향해 품위 있게 내딛는 걸음이다. 조금씩 꽃 피우고 있다는 자신의 실감을 소중히 여기는 태도가 바로 우아함이다. 자신을 신뢰하는 일에 오래도록 지치지 않는 기세. 내가 이해하는 우아한 삶은, 우아한 글쓰기는 그런 것이다.

　　글 쓰는 일에 열을 올리는 때면, 때때로 징조도 없이 찾아오는 흥분에 매료되곤 한다. 그 순간은 곧 커다란 행운을 의미하는데, 애석하게도 어쩌다 한 번 따르는 행운조차 기묘하리만큼 적절하지 않은 상황과 때만 골라서 찾아온다. 예컨대 뜨거운 물을 맞으며 한바탕 샤워를 즐길 때라든지, 오래도록 오지 않던 잠이 마침내 솔솔 불어오려는 때, 혹은 기대하던 영화의 오프닝 신이 이제 막 시작되려고 할 때와 같은, 방해받고 싶지 않은 순간들 말이다.

216

벌써 얘기의 맥을 알아차린 사람이 있다면 당신은 분명 어떤 분야의 창작자로서 몸담고 있을 거라고 생각한다. 그러니까, 이건 그놈에 관한 얘기다. 도무지 책상 앞에 앉아서 애걸복걸할 때는 코빼기도 비추지 않는 오만방자한 놈. 'Catch up!따라잡아!'하고 외치면 'Ketchup?케첩?'하고 달아나는 교활한 놈. '영감', 즉 번뜩임의 순간에 관한 얘기이다.

　　글을 쓰는 행위는 크고 작은 번뜩임의 끝없는 제곱이다. 요컨대 이런 식이다. A라는 커다란 번뜩임을 떠올렸을 때, 그것이 이야기로서 구색을 갖추기 위해서는 그의 산하로 a ,b, c, d 따위의 작은 번뜩임을 대량 필요로 한다. 그다음은 여러 번뜩임 중에 지면에 옮길 것으로 무엇을 고를지, 또 그것을 어떤 순서로, 어떤 뉘앙스로, 어떤 단어를 골라 이야기할지 또한 머릿속의 무수한 번뜩임이 결정한다. 그 과정을 필요한 만큼 반복해 초고를 쓴 뒤에는 어떤 말을 더 할지, 또 무엇을 지울지, 또 그건 어떤 말로 대체할지 고민해야 한다. 하물며 그러한 과정을 모두 겪어 웬만큼 원고가 쌓였다고 했을 때, 그걸 책으로 엮을 시에는 그 번뜩임의 역할이 개인의 범주를 훌쩍 넘어서게 되는 것이다. 그리고 가장 중한 사실은 그 어느 한 가지 단계도 간단하지가 않다는 거. 재능의 유무를 떠나서 왜 내가 책상 앞에만 앉으면 미간을 찌푸리는지, 왜 그렇게 진짜 못된 눈을 하게 되는지 이쯤에서 사려 깊게 헤아려 주길 바란다. 그게 정말로 제 손으로 두개골을 열어, 톡톡 터지는 가루사탕한 컵을 쏟아버리는 기분이다. 뭐, 그렇게 해서 뭐라도 쓴다면 도무지 한 글자도 쓰지 못하는 날보다야 낫지만 말이다.

한데 어쩌다 한 번씩 앞서 말한 행운이 따라주는 경우에는 얘기가 다르다. 말했듯이 샤워를 하거나, 잠을 자거나, 영화를 보며 그저 한가로이 두뇌를 놀리고 있는 사이에 옅은 번뜩임이 찾아오는 거다. 때로는 그 옅은 번뜩임이 어떤 유기적인 연쇄 폭발반응을 일으켜 한 편의 이야기, 혹은 그에 가까운 구색을 갖춘 덩어리가 덜컥 완성되는 때도 있다. 쉽게 말하자면 무의식중에 머리가 자동으로 일을 한다는 얘기이다. 그럴 때면 나는 한동안 멍하니 공상에 빠져 한 뿌리에서 여러 갈래로 뻗어 나가는 그 상념의 전개를 마치 촉각처럼 생생하게 느끼곤 한다. 한데 그게 그 순간에는 정말이지 선명하게 보이는 것 같은데, 시간이 조금만 흐르면 무슨 신기루처럼 흐려지기 시작한다. 때문에 나는 의식을 풀어놓은 채로 알맞은 때를 기다렸다가 별안간에 눈을 번뜩 뜨고는 뭐든 닥치는 대로 메모해야 한다. 때로는 나체로 화장실에서 뛰쳐나와 방바닥에 물을 뚝뚝 흘려야 하는 때도 있는데, 이때만큼은 철저히 직관에 의존한다. 적는 와중에도 행운의 빛은 소멸되어 가고 있으니 말이다.

예를 들어 아침녘이 되어도 좀처럼 잠이 오지 않던 며칠 전에는 이런 일이 있었다. 나는 동이 트고서야 이게 지금 잠을 자고 있는 건지, 단순히 눈을 감고 있는 건지 모를 만큼 얕은 수면 상태에 돌입했다. 그런데 그때, 무슨 비밀스러운 주술이라도 부린 것처럼 머릿속의 상념들이 사방을 향해 부드럽게 뿌리를 뻗기 시작하는 거다. 상황을 가만히 지켜보자니, 별 이유도 없이 레코드 음반에 관한 상념이 마구 떠올랐다. 내가 레코드를 막연히 좋아하긴 한다지만, 뜬금없는 맥락이었다. 때문에 잠을 계속해 자야 할지, 일어나 뭐라도 메모를 해야 할지 고민이 됐다. 그런데 이내 예사롭지 않은 감각이 들기 시작한다. 영감들의 유기적 결합이 좀처럼 멈출 생각을 하지 않는 거다. 이내는 레코드에 관한 인식들이 과거 레코드숍에서 일하는 동안 겪었던 일상들과 절묘하게 결합되어 한 편의 번듯한 이야기가 만들어졌다. 그런데 여기서 중요한 사실은 내가 레코드숍에서 한 번도 일한 적이 없다는 사실이다. 관련 된 일에 종사하는 지인조차 없다. 그러니까 나의 뇌가 제멋대로 진짜 장황한 거짓말을 지어냈다는 얘기인데, 앞서 읽었을 〈레코드- 오전, 오후, 퇴근〉 연작이 바로 그날의 결과물이다.

어쩐지 남을 속여먹은 기분이 들어 죄스러운 와중에도 한편으로는 다들 소스라치게 충격을 받았으면 좋겠다고 생각하고 있다. 그건 내가 일상적인 산문보다 소설을 주로 쓰는 작가가 되고 싶어 하기 때문이다. 지금으로서는 기쁜 마음으로 산문집 두 권을 연달아 출간하게 되었지만, 여전히 내 마음은 소설이라는 장르를 향해 다분히 기울어져 있다. 어떤 이는 소설을 허구에 불과하다며 얕본다. 그러나 허구인지 사실인지는 중요치 않다. 내가 실제로 레코드숍에서 일을 했든 안 했든 독자는 그에 따른 어떠한 영향도 받지 않는 것이다. 독자에게 영향을 끼치는 건 나의 언어와 이야기이지, 그것이 사실인지 아닌지에 대한 여부가 아니다. 누군가는 앞전의 글을 읽고 레코드에 관심이 생겼을 수도 있고, 화자인 '나'에게 매력을 느꼈을 수도 있다. 레코드숍이라는 곳에 한 번쯤 방문해 보고 싶어졌을 수도 있다. 또 어떤 누군가는 라이터를 공중에 던져 셔츠 포켓에 넣는 묘기를 연습해 볼지도 모른다. 그러한 동요에 진실의 여부 따위는 도무지 어떤 것도 좌우하지 않는다. 일장 즐겁게 마신 뒤에 아무런 탈조차 없다면, 그게 술이든 물이든 상관하지 않는 것과 마찬가지이다.

이따금 참을 수 없이 소설이 쓰고 싶을 때가 있다. 그건 나의 현실이 만족스럽지만은 않다는 반증일지도 모른다. 허나, 밤낮을 불문하고 잠결에조차 집필을 위한 번뜩임을 쉬지 않는 나를 발견할 때면, 이대로 글 쓰는 일에 영영 몰두해도 괜찮을지도 모르겠다는, 주제 훌쩍 넘는 생각을 해 보기도 한다. 이거, 이거 코찔찔이 최형준이가 완전히 작가가 다 됐잖아? 하면서. 더 나은 작품을 쓰고자 하는 갈망은 더 나은 사람이 되고자 하는 욕망과 닮았다. 두 가지 욕망 모두 기어코 이뤄낼 수 있다는 확신을 통해 실현된다. 그 과정은 필시 느리고 고단할 것이다. 그럼에도 나는 조금씩 구색을 갖춰가는 제 모습을 믿고, 그 길을 한 번 재량껏 걸어 볼 생각이다. 우아함을 지켜 내며. 멋대로 살아가는 것이다.

멋대로 살아가는 것

멋대로 살아가는 것

멋대로 살아가는 것

상실의 시대

　느닷없이 수년 전에 읽은 〈상실의 시대〉가 다시 읽고 싶어졌다. 언젠가 버거킹 와퍼를 입안에 욱여넣고서 우물거리며 그 소설의 마지막 페이지를 덮은 기억이 난다. 그 순간 어떤 강력한 감상이 뇌리 깊숙이 스며들었던 걸까. 마치 뇌가 두개골 안에서 꾸물꾸물 자전하다 마침내 한 바퀴를 모두 돌아 제자리로 돌아온 기분이었다.

　참말, 얼른 읽고 싶다고 하니, 꺼내 읽으면 그만이다. 책장에 꽂아 둔 책이 제 스스로 어딘가로 달아나는 일은 일어나지 않으니까 말이다. 그런데 이게 이래저래 망설여진다. 서점에만 가면 닥치는 대로 읽어 치우자는 의지가 무턱대고 샘솟는 거다. 그때마다 덥석 집어 와서는 미처 읽지 못한 책들이 책장 옆에 잔뜩 쌓여 있다. 〈상실의 시대〉는 눈 깜짝할 새에 해치울 만한 분량은 아닌데다가 나는 한번 각 잡고 읽기 시작하면 꼭꼭 씹어 소화한다는 명목하에 무진장 느긋하게 책장을 넘긴다. 그런 형편인 와중에 한번 읽은 책을 재독한다? 글쎄. 몇 달째 내 손길을 기다리고 있는 책들에게 영 면목이 없다. 심지어 나는 다 읽은 책은 책장에 꽂고, 아직 읽지 않은 책은 옷장 위에 대충 쌓아 둔다. 그리고 그 위치는 꼭 내 잠자리를 정확히 내려다보는 포지션이다. 막무가내로 심기를 건드렸다가는 가위에 눌릴지도 모른다.

다 읽은 책을 책장에 꽂아 넣으면 평소에는 맛보기 힘든 지적 허영심 같은 게 느껴지곤 한다. 그런 걸 노상 즐기다시피 하다 보니, 이제는 책장의 몸집을 불리는 행위 자체를 머릿속을 지혜로 채우는 것과 동일시하게 되었는데, 읽기 힘들었던 굵직한 책 한 권을 책장의 빈자리에 꽂아 넣을 때면 책은 과연 읽는 재미만 있는 게 아니라는 생각이 든다. 책장을 불려 나가는 재미도 무시할 수 없는 거다. 그러므로 나로서는 재독이란 행위를 약간 손해 보는 일로 여길 수밖에 없다. 이미 꽂혀 있는 책을 꺼내 다시 읽는다 한들 책장의 몸집이 1mm도 불어나지 않기 때문이다.

결국은 〈노르웨이의 숲〉*을 민음사 세계문학 전집 시리즈로 새로 사서 읽었다. 처음 읽었던 수년 전과 비교해 무척 빠른 속도로 책장을 넘길 수 있었다. 뿐만 아니라, 비교도 안 될 만큼 재미나게 읽었다. 뭐랄까, 첫 번째 읽을 때는 나에게도 저런 일들이 일어날까? 하는 다소 막연한 감상을 갖고서 읽었다면, 이번에는 곳

노르웨이의 숲 무라카미 하루키의 소설 〈상실의 시대〉 원제목

곳에서 다양한 공감을 해 가며 읽을 수 있었다. 자주 가슴이 먹먹해졌다. 편지를 써 보내고픈 얼굴이 몇몇 자꾸만 떠올라서였다.

〈노르웨이의 숲〉의 옮긴이의 말에서 존경하는 '양억관' 번역가님은 이렇게 적으셨다.

그런데 왜 나(또는 우리)는 이런 〈노르웨이의 숲〉에서 참을 수 없는 매력을 느끼는 것일까? 아마도 내 의식 속에 새겨진 순수의 기억 때문이 아닐까 싶다. 자연체로서 한때 살았고, 또 지금도 살고 싶은 무언의, 무의식의 욕망이 이 인물들을 향해 동경의 눈길을 던지고, 또한 그 인물들이 내 순수의 기억을 향해 따스하게 손짓해 주기 때문일 것이다.

어제와 오늘의 모든 것은 머지않아 지나간 옛일이 되어 버린다. 어느새 내가 이 소설을 처음 읽은 때가 6년 전이 되어버렸듯이 말이다. 책을 읽는 내내 떠오르던 몇몇 이들의 얼굴과 끝내 전하지 못한 마음들 전부 그렇게 서서히 희미해져 갈 것이다. 편지가 쓰고 싶었던 건 그 전에 어떻게든 붙잡아 보고 싶은 마음이었다. 짙어져 가는 그림자 속에서 성냥을 그어 보려는 마음이었다. 언젠가 이 소설을 세 번째 읽는 날이 오면 지금 이 순간은 또 얼마만큼 옛일이 되어 있을지 모르겠다. 그때면 나는 정말로 누군가에게 편지를 쓸 수 있을지도 모른다. 그맘때면 모든 것이 돌이킬 수 없을 만큼 멀어져 있을 테니까. 이런 말밖에는 적지 못 할 테다. 아무런 말도 하지 않는 게 좋을 것 같다고. 다만, 발신자의 이름은 똑똑히 적어 넣어야 한다. 나는 생각보다 많은 걸 그대로 기억하려 했다는 의미를 담아서. 그런 생각을 하면 정말이지 밑도 끝도 없이 침울해진다. 서글픈 마음에 미도리가 참을 수 없이 보고 싶다. 그 애와 영원히 23살로 남아 이따금 백화점 푸드 코너에서 쿡쿡거리며 늦은 아침, 이른 점심을 먹고 싶다. 그 어떤 대가도 요구받지 않는 삶인 마냥. 기준도, 법칙도 없는 세상을 오직 단둘이 살아가고 있다는 마냥.

산책
散策

서글픈 얘기지만, 그맘때 내겐 금요일 밤에 놀자는 친구가 없었다. 데이트하자는 애인도 없었다. 때가 되면 밥그릇을 긁는 귀여운 강아지는 물론이거니와, 아침마다 코를 깨무는 고양이도 없었다. 출석할 강의도 없었다. 일하러 갈 아르바이트도 없었다. 그 흔한 드림카는 제쳐 두고, 하다못해 사고 싶은 옷 한 벌조차 없는 병들어 버린 청춘이었다. 도로 떠나보낸 것도 있지만, 오늘의 나는 운 좋게도 그중에 몇 가지쯤은 지니고 있다. 그러나 당시의 나는 네모난 자취방에 틀어박혀 눈도 못 뜨는 새끼 강아지처럼 언제나 잠에 절어 있을 뿐이었다. 대학을 휴학하고, 그곳에 잔류한 일 년 남짓의 얘기이다.

흡사 커피에 젖은 원고지처럼 얼룩진 나날이었다. 그 얼룩은 다름 아닌 피폐와 퇴폐로 이루어진 것이었고, 그곳에서 나는 자주 햄버거를 씹고, 담배를 피웠다. 후유증의 일환인지 그 무렵에

즐겨 찾던 제일 싼 햄버거와 국산 포도향 담배는 이제 그 맛을 떠올리기조차 거북하다. '짐 자무쉬'의 영화 〈커피와 담배〉에서 커피와 담배가 환상의 조합이라고 했다면, 내게 그 두 가지는 심상적 트라우마 그 자체로 남아 버린 것이다.

그러나 전쟁 중에도 사랑이 피어나듯, 황무지에서도 꽃은 핀다. 무엇이든 절대적으로 나쁘기만 할 수야 없다는 얘기이다. 날개가 있어서 하늘을 날고, 지느러미가 있어 헤엄을 치는 것은 물론 좋지만, 혀를 잃어도 춤을 출 수 있고, 다리를 잃어도 시를 짓고 노래를 부를 수 있다. 그맘때의 나를 지탱해 준 것은 다름 아닌 그런 것들이었다. 춤과 노래, 시와 같이 부재와 결핍 속에서도 그 가치를 잃지 않고, 오히려 더욱 빛을 내는 한 줄기의 기쁨들. 그 중에서도 산책은 그렇게나 짙었던 불완전의 얼룩 속에서도 내게 사랑의 색채를 꼭꼭 일러주곤 했다. 몽마르트르, 새벽의 월광, 비탈진 숲길, 그리고 움츠려 앉아 휴식을 취하는 토끼들. 그리고 그 가운데서 몇 시간이고 올려다보던 밤하늘의 별 같은 것들을.

프랑스의 소설가 '장 그르니에'는 산책할 수 있다는 것은 산책할 여가를 가진다는 뜻이 아니라고 썼다. 그것은 어떤 공백을 창조해 낼 수 있는 것으로, 우리를 사로잡고 있는 일상사 가운데 그로선 도저히 이름을 붙일 수 없다는 우리의 순수한 사랑 같은 것에 도달하게 하는 빈틈을 마련하는 것이라고 말했다. 그는 산책이란 결국 우리가 찾을 생각도 하지 않고 있는 것을 우리로 하여금 발견하게 하는 수단이 아닐까, 하는 질문을 덧붙이며 말을 맺었다. 걷는 일에 대수로운 명분을 필요치 않는 이들 대부분이 그렇듯, 나 또한 그의 말에 전적으로 동감할 수 있다. 산책의 본질은 지난한 삶의 순수한 여백을 그려내고, 그 빈틈의 순기능이 우리로 하여금 사랑과 치유를 일으키는 것이기 때문이다.

그맘때 나의 산책은 매미도 울다 마는 깊은 새벽에야 시작됐다. 거리의 사람들이 모두 사라지고 나면, 그제서야 밖으로 나와 좀비처럼 걷기 시작하는 거다. 세상은 온통 조용했다. 신호 없는 도로를 건너면서도 양 옆을 확인하지 않아도 괜찮았다. 이따금 버스 정류장 같은 곳에 엎어져 있는 취객조차 단잠에 빠져 있으니. 산책하면 먼저 떠오르는 화사한 햇살과 나른함과는 괴리가 크지만, 종일 쾌쾌한 방에 엎어져 지내던 나로서는 바깥 공기가 진짜 박하사탕처럼 시원달콤하게 느껴지곤 했다.

불 꺼진 도심을 빙글빙글 20분쯤 누벼 어쩐지 웅장해 보이는 법원을 지나치면, 목적지의 초입에 들어섰다. 주황빛 가로등이 정말로 파리의 저녁을 연상케 한다. 한국에 거주하는 프랑스인의 거진 절반이 산다는 서래 마을이다. 그곳을 처음 방문한 건 10년도 더 전이었다. 엄마와 누나 손에 이끌려 찾아갔던 그곳은 지금보다 훨씬 이국적 색채가 짙고, 얼마간 더 고즈넉한 동네였다. 또 기억에 남는 건 어느 커피숍에서 점심으로 먹은 야채수프. 정말이지 기막힌 맛에 일장 뜨겁게 감동했다. 또 그날 우리 셋은 프랑스인 학교의 담장 너머로 자그마한 운동장을 오랫동안 구경하기도 했다. 무척이나 단란한 추억이다. 그 따뜻한 기억이 특수한 방식으로 발현되어 나를 홀리는 걸까. 허리케인을 피해 대서양을 건너는 개똥지빠귀처럼 힘겹고 외로운 새벽이면 꼭 그 마을을 찾게 되었다.

마을의 초입에는 아카시아 나무가 우거진 비탈길로 이어지는 음침한 샛길이 나 있다. 오르기 그다지 어렵지 않은 그 언덕을 걷노라면, 도시의 소음은 천천히 볼륨을 낮췄다. 하늘을 올려다보며 천천히 그 언덕을 오르곤 했다. 천장을 가득 메운 아카시아 잎사귀가 유리처럼 투명한 달을 가둔다. 하늘에 걸린 달은 신비로운 월광을 땡볕보다 선명하게 내리쬐었다. 한번은 노트를 꺼내 몇 시, 몇 분의 몇 걸음 쯤, 우측 상단. 아카시아 잎사귀가 커다란 보름달을 가뒀다, 하고 적어 두었다. 바보 같은 발상인지 어쩐지는 모르지만, 다음 보름에도 똑같은 장면을 볼 수 있을까 싶어서였다.

언덕길 끝에는 파리의 명소를 본떠 이름 지은 몽마르트르 공원이 있었다. 불 꺼진 서울의 전경이 파노라마처럼 늘어져 있는 입구를 지나쳐, 공원 내부로 들어가면 여느 초등학교 운동장의 절반 크기 정도 되는 잔디밭이 나타났다. 산책로가 그 외면을 두르고, 곳곳에는 몇 개의 벤치가 간격을 둔 채로 놓여 있다. 그리고 잔디밭과 수풀, 공원 구석구석을 자유롭게 거니는 자그마한 존재들. 그맘때 그곳에는 수십 마리의 토끼들이 자기들 나름의 삶을 살아가고 있었다. 몇 녀석은 발을 숨긴 채 몸을 웅크리고 휴식을 취한다. 또 몇 녀석은 쫓고 쫓기며 잔디 위를 껑충껑충 뛰어다녔다. 또 몇 녀석은 야무지게도 오물거리며 풀과 당근을 씹는다. 이따금 영역 싸움을 하는 애들도 있었는데, 그 애들은 한 번 붙었다 하면 털 뭉치를 날려가며 꽤 살벌하게 싸운다.

녀석들은 이방인인 내게 무심했다. 이렇게 자주 만나는데 너무하다, 싶을 만큼 거들떠보지도 않아 준다. 귀찮게 굴고 싶지는 않았지만, 만남이 거듭되면 괜히 친한 척 굴어보고 싶어지기 마련이다. 하지만 녀석들은 정확히 손닿을 거리가 되면 곧장 다섯 여섯 걸음쯤 날쌔게 도망간다. 동그란 엉덩이를 들썩이면서 우다다다. 근데 그게 꼭 기껏해야 다섯, 여섯 걸음쯤이다. 그 이상은 도무지 귀찮다는 듯이 엉덩이를 깔고 다시 앉는다. 바보 같기도, 야무지기도, 뭐랄까, 앙칼지기도 하다. 하늘 아래 똑같은 귀여움은 없는 걸까.

이쪽 한 편에서 저쪽을 바라보면 족히 서른 마리는 되어 보이는 토끼들이 한눈에 들어왔다. 수풀 속에 숨어서 잠을 자거나, 굴에 들어가 있는 애들의 수까지 헤아린다면, 그 수가 정말로 많았다. 평화롭게 제 몫을 살아가는 녀석들을 바라보며 나는 다분히 치유 받았다. 비록 귀찮은 이방인 취급을 받는 형편이지만, 순수한 자연체들의 존재는 그 자체로 커다란 포용력을 지닌 것이었다. 비밀 아닌 비밀인데, 나는 그 애들 앞에서 꽤 여러 번 울었다. 그때까지 좀처럼 솔직하게 울어버릴 줄 모르던 나였다. 왕창 울어버리고 후련해지는 법, 그 애들이 내게 알려줬다. 그때 흘린 눈물의 속성은 도대체 무엇인지. 슬픔? 서러움? 두려움? 알 수 없다. 단지 그 애들과 있자면, 속절없이 울컥 벅차올랐다. 입술을 꾹 다문 채 영문 모를 눈물을 죽죽 흘리던 거다. 그럴 때조차 나를 거들떠보지 않는 그 애들이 정말로 착해 보였다. 내 영혼의 안식처는 언제까지고 이 자리일 거라고. 내 새벽 산책의 코스는 앞으로도 너희들을 보러 오는 길일 거라고. 그런 욕심을 품을 수밖에 없었을 만큼.

나는 지나간 그 시절을 두고 격정적인 미움과 더불어 그에 못지않은 애정을 품고 있다. 대관절 애증의 구간이라고 말할 수 있겠다. 도무지 애정만 품기에는 지나치게 불완전한 나날이었다. 뭐라고 특정 지어 얘기하기는 어렵지만, 나의 어느 부분은 그맘때 완전히 고장 나버린 게 아닐까, 하고 생각한다. 이따금 가슴 속 어떤 텅 빈 공간으로부터 서슬 퍼런 공허함이 번져오는 거다. 그러면 누군가 내게 속삭이는 것만 같았다. 거기 그만큼은 도무지 손 쓸 수 없을 만큼 완전히 무너져 버렸다고. 퍽 애절한 일이다. 하지만 그럼에도 단지 미움만 품을 수도 없는 이유는, 스스로를 망가뜨려 가면서까지 그 불완전한 시간을 견뎌낸 당사자가 바로 나 스스로이기 때문일 것이다. 어느 한구석이 무너져 내리지 않은 '나'는 오늘의 내가 그토록 사랑하고자 하는 '나'가 아니기 때문에. '그맘때'를 '그맘때'로 끝맺기 위해서는 내 안의 망가진 부분마저 애정으로 다스리는 수밖에 없다.

오늘의 나는 예전처럼 꼭 사무치게 쓸쓸한 새벽이 아니더라도, 때때로 몽마르트르 공원으로 산책을 떠난다. '그맘때'를 다시 한번 확실히 '그맘때'로 구분 짓고 싶을 때, 혹은 우는 법이 잘 기억나지 않으려 할 때, 혹은 아카시아 잎 사이에 걸린 달이 보고 싶을 때, 언덕을 올라 이제는 몇 마리 찾아보기 힘들어진 토끼를 구경한다. 5월 무렵에는 커다란 장미를 보고, 여름에는 공 차는 금발 머리 아이들을 구경한다. 그리고 언덕을 내려와 진짜 맛있는 수제 버거와 밀크셰이크를 왕창 먹어준다. 그 길로 나는 당분간의 사랑 총량을 충전하는 것이다.

걸음에 명분이 전혀 필요치 않은 이들이 좋다. 걸음에 목적을 찾지 않는 이들에게 끌린다. 그들과 나는 언제든 각별한 사이가 될 수 있기에. 우리는 나란히 걷는 동안 언제든 비밀 몇 가지를 털어놓을 수 있다. 함께 걸을 때 우리들은 같은 풍경과 대기를 공유한다. 풍경은 기억할 만한 장면과 소리, 색깔, 음영이 있어야 완성되니까. 함께 걷는 우리들의 풍경에는 서로의 존재가 깊숙이 자리하게 된다. 높이가 다른 두 눈짓, 이따금 바라보게 되는 옆얼굴, 웃는 입꼬리, 들썩이는 목소리, 살짝 스치는 손등, 서서히 닮아가는 보폭과 발자국. 산책. 그것은 사랑의 시작과 마지막을 수호하는 영속의 행위인 것이다.

♥

언젠가부터 녀석들의 개체 수가 서서히 줄어들었다. 겨울이 끝나고 나면 모두들 돌아와 주겠지, 하고 기다려 보아도 마찬가지였다. 끝내 조사를 해 보니, 동물권 보호 단체와 지역 기관이 갈등을 빚으면서 이런저런 이유로 토끼들의 개체 수가 대폭 줄어들었다고 한다. 섣불리 누굴 탓하기도 어려운 문제이지만서도, 나로서는 서글프게 되었다. 나를 품어주던 자그마한 존재들을 또 한 번 떠나보내게 되어서. 진짜 서글프게시리 왜 자꾸 그렇게 되는 건지 모르겠는데, 내게 다정한 것들은 대부분 그 모습을 오래도록 지켜내지 못한다. 빚을 갚아야 하는데. 이렇게 받기만 해서는 안 되는 건데 말이다.

그로부터 몇 해 뒤에는 실제로 프랑스의 몽마르트르 언덕을 올랐다. 언덕 꼭대기 성당에서는 동행자와 함께 하나의 초를 켜고 잠자코 기도를 드렸다. 행복을 알려 달라고. 사랑을 알려 달라고. 내게 더 많은 아름다움을 알려 달라고. 전부 끌어안을 수 있게 도와 달라고. 아멘, 하고 울어 버렸다.

경화가 더딘 마음

어느 날인가 문득 글 짓는 사람이 되기로 했다. 그렇게 어느 날부턴가 글 짓는 사람이 되어갔다. 그리고 또 어느 날에는 글 짓는 사람이 되었구나, 하고 생각했다.

앞으로는 글을 쓸 작정이라며 가까운 몇 사람에게 실토한 때가 햇수로 5년이 되었다. 그들 앞에서 마치 숨겨진 재능을 발견한 사람처럼, 혹은 그럴듯한 작전이 준비되어 있는 사람처럼 앞으로의 계획을 늘어놓던 때, 나는 그들의 얼굴을 똑바로 쳐다볼 수 없었다. 격양된 어투와 떨리는 목소리로 불필요하게 어려운 말을 골라가며 온갖 미사여구를 요점 위에 덧댔을 뿐이다. 미처 마주 보지 못한 채 짐작으로 읽어내던 그들의 표정과, 용기를 낸 친구를 위해 건넸던 그들의 다정한 감언을 나는 오늘까지도 마음속에 잘 간직하고 있다. 이름표를 붙여 찻장에 보관해 둔 시가 바의 먼지 쌓인 위스키처럼 말이다. 오래도록 끌어모아 겨우 입안에 굴려 본 자그마한 용기만큼이나 소중한 것이었기에. 마음속 한 편에 놓인 그 찻장을 들여다볼 때면 생각하곤 한다. 어쩐지 그들 중 한 명이라도 빠졌다면 나는 이때까지 글을 쓰지 못했을 지도 모르겠다고.

글쓰기는 내게 경화가 더딘 마음이었다. 풀이 죽은 심지에 불완전하게 일렁이는 작은 불꽃 같은 거였다. 어중간한 패를 들고서 남은 돈을 깡그리 밀어 넣고는 다 덤비라며 담배를 꼬나물었다. 누군가의 사소한 콧바람에도 뇌수가 바짝 얼어버릴 터였다. 때문에 애써 솟은 용기에 무심코 생채기를 낼지 모르는 이들은 내 고백의 상대가 될 수 없었다. 그 무렵의 나는 세상이 요구하는 것만큼 심지가 빳빳하지 못한 존재였기에. 당신들의 눈을 피해 속으로 읊조렸던 말이 있다. 다정한 너희들 귀에는 들렸겠지만, 그런 너희들은 기꺼이 들리지 않은 척해 줬던 말. 너희들의 온기를 잊지 않는 나와, 어쩌면 그날을 잊었을 너희 사이를 앞으로도 영원히 결속시킬 그 말.

'너희 몇 마디에 또다시 무너질지 몰라. 달콤한 얘기만 해 줘. 등 뒤로 손가락을 꽈. 그렇게 하면 신께서 거짓말을 용서하신 댔어. 나라고 못 하란 법 없다고, 어쩐지 잘 해낼 것만 같다고 말해. 동정만큼 솔직한 마음이 또 있을까. 척이라도 좋아. 내가 확신에 차 내뱉은 오만한 말들은 무시해 줘. 그럴수록 애쓰고 있다는 거. 다 보여, 그렇지? 그냥 다독여 줘. 그러고 넘어가 줘. 뒷일은 내가 잘할 거야. 내가 나를 돌볼 거야. 하지만 시작만큼은 너희가 도와야 해. 왜, 눈길에 차가 멈추면 다 같이 밀어주는 거잖아. 부디 실수만은 하지 말아 줘. 똑똑하게 굴지 말아 줘. 오늘 하루만 그저 다정하게 대해 줘. 오늘이 아니라면, 너희 앞에서 이런 용기를 내기까지 또 얼마나 긴 시간이 걸릴지 몰라.'

그들의 다정한 마음 덕에 나는 마음 놓고 꿈을 가졌다. 출발을 도운 그들 덕에 그 꿈은 차차 걸음을 떼기 시작했고, 어느새 현실의 흉내를 내며 그럭저럭 실재하는 무엇으로 변해갔다. 그래서 나도 어떻게든 그런 필자가 되어 볼 생각이다. 소중한 이들의 감언과 다정함을 이유식 삼아 유년을 보낸 내 집필이다. 어릴 적 배고프다고 어리광을 피운 게 부끄러운 일은 아니었다고, 가진 수를 다해 말해 주고 싶다. 내게 다정함이라는 것이 얼마나 주어졌던, 혹은 그게 얼마나 남아 있던, 나는 경화가 더딘 마음을 품은 이들에게 끊임없이 말해 줄 거다. 당신이 꿈을 꾸려 한다면, 타협하지 말고 그 꿈을 마저 꾸라고. 당신의 대책 따위 없는 출발을 지지하는 사람이 여기에 있다고. 서로가 서로의 출발을 도울 수 있다면, 오늘보다 많은 이들이 꿈을 꾸려 할 테다. 그러면 나는 머지않아 또 다른 꿈을 꿀 수 있고, 그것을 이뤄나갈 수 있을 테니.

맥이 닿는 먼 타지의 일화로, 가구 수집가로 시작해 독일의 비트라 디자인박물관을 설립한 '알렉산더 폰 베게작'은 1986년에 새로운 도전을 꿈꿨다고 한다. 프랑스 남부의 한 영지와 샤토를 구입해, 매해 여름 세계적인 디자이너와 건축가를 초청해서 여러 협업을 펼치는 '부아부셰 워크숍'을 설립하는 것이었다. 디자인의 태동과 발전을 지켜봐 온 자신의 경험과 디자인의 가치를 세계와 세대에 공유하기 위함이었다. 그는 땅과 샤토를 매입하고, 워크숍을 운영해 나가기 위해서 그가 평생 동안 수집한 가구 컬렉션의 상당수를 팔아 치워야 했다. 하지만 그는 자신의 꿈을 이루는 일에 충분히 매료되어 있었기에 그조차도 행복했다고 한다. 그렇게 오늘날의 부아부셰 워크숍은 세계에서 가장 특색 있고 유명한 워크숍으로 손꼽히며, 그곳에서는 오늘도 온 세계에서 모인 디자이너들이 함께 고민을 나누고, 디자인을 고안해 내고, 예술가로서의 가치관을 공유하고 있다. 그는 의심할 여지 없이 꿈을 이룬 남자인 것이다. 그런 그가 이제 막 꿈을 펼치며 온갖 어려움에 맞설 때, 디자인계의 전설과도 같은 '찰스 임스'는 이렇게 말했다고 한다.

"당신에게 즐거운 일을 중요하게 여기세요."

Epilogue

처음 밝혀 두었다시피, 여기까지 글을 적어 내려가는 동안 일종의 '그림을 그린다.'는 마음으로 임했습니다. 오늘의 내가 지니고 있는 하트의 실체를 발견하는 것. 또 그것을 충분히 감각해내는 것. 그로 인해 나 자신과 주변에 무언가 사소한 변화가 생겨나기를 바라는 마음으로 시작한 일이었습니다. 만약 사랑에 관한 치밀하고도 입체적인 인상을 누군가에게 통째로 건넬 수 있다면, 그 사소한 변화라는 것은 이내 덧없이 소중한 가치가 되어 우리를 진정으로 연결 지을 거라고 믿었던 겁니다. 그렇게 나는 온전한 하트의 인상이 완성될 때까지, 정말이지 '완성이다.'라는 실감이 들 때까지 아무런 희망도 절망도 없이 그저 사랑으로 귀결될 희로애락을 묵묵히 써 내려가고자 노력했습니다. 한 부분만 봐서는 알아볼 수 없는 커다란 하트를, 부분만으로는 설명되지 않는 커다란 전체를 그리기 위해서였습니다.

그리고 여기까지가 현재의 내가 지닌 하트의 완성입니다. 어쩌면 더 쓰거나 그려야 하는지도 모릅니다. 혹은 어떤 부분은 지워버리는 쪽이 더 나았는지도 모릅니다. 하지만 사실이 어떻든 나는 이쯤에서 멈추고자 합니다. 어느 시점에서는 이런 생각이 들고만 것입니다. 사랑이라는 게 대개 그렇잖아. 모자라거나, 과하거나. 다만, 무엇이 어떻든 지금 딱 그만큼으로 충만할 뿐입니다.

2년 전에 쓴 책에서는 글을 마치며 이런 말을 적었습니다. '낭만, 낭만 하다 보면 사랑, 사랑 같은 말은 아무렇지 않게 할 수 있을 것만 같다.'라고. 이로써 정말로 적은 대로 지켜냈습니다. 오래도록 사랑은 내가 가진 언어 가운데 가장 발음하기 어려운 낱말이었습니다. 내게 없는 언어 가운데 가장 갖고 싶은 낱말이었습니다. 꿈에서도 몰랐더랬지요. 사랑받는 데에는 사랑하는 것이 제일이라는 사실. 사랑의 총합은 무엇을 얼마나 더 사랑할 수 있느냐에 달렸습니다.

모쪼록 더 많은 아름다움과 사랑을 알아가고, 제 것으로 만들어 나가겠습니다. 그렇게 당신의 뮤즈가 되고 싶습니다.

온 세계의 발칙한 공세로부터 나의 하트를 지켜주는 가족, 친구, 동료, 독자 여러분. 그리고 수많은 디테일을 위해 긴밀히 협력해 주신 부크럼 출판사에게 무한한 사랑을 전합니다!

그러나 우리가 사랑으로

1판 1쇄 발행 2022년 04월 07일
1판 3쇄 발행 2023년 01월 18일

지 은 이 최형준
사　　진 최형준

발 행 인 정영욱
기획편집 정해나 라윤형
디 자 인 정해나 이유진

펴낸곳 (주)부크럼
전　화 070-5138-9971~3 (도서기획제작팀)
홈페이지 www.bookrum.co.kr
이메일 editor@bookrum.co.kr
인스타그램 @bookrum.official
블로그 blog.naver.com/s2mfairy
포스트 post.naver.com/s2mfairy

ⓒ 최형준, 2022
ISBN 979-11-6214-394-0 (03800)